徳 間 文 庫

赤かぶ検事奮戦記

奥日光殺人事件

和 久 峻 三

徳 間 書 店

目次

第一章　いろは坂の惨劇　5
第二章　奇跡の証人　85
第三章　大いなる罠　174
第四章　二重の危険　235

第一章　いろは坂の惨劇

1

拘置所《こうちしょ》の接見室《せっけんしつ》にあらわれた弁護士の湖山彬《こやまあきら》は、黒い鞄《かばん》のなかから事件記録を取り出すと、透明プラスチックの仕切り越しに被告人の出雲路絢子《いずもじあやこ》を眺《なが》めやり、こう言った。

「奥さん。挨拶《あいさつ》は抜きにして、早速、用件に入りましょう。まず、奥さんが殺人罪で逮捕《たいほ》勾留《こうりゅう》されたのは、どういう事情によるものか、この点から話していただきましょう」

「ちょっと湖山さん。どうしたというの？　その態度……ずいぶん他人行儀じゃありませんか？　わたしとあなたの仲なのに……この部屋には、わたしたちのほかには誰もいませんわよ。だって、それが決まりなんでしょう？　弁護人は、立会人なくして、被告人と接見する権利があると法律には定められているはずだわ」

出雲路絢子は、口元に薄笑いを浮かべながら、弁護士の湖山彬を値ぶみするような目で見つめている。

殺人罪で逮捕勾留され、おそらく起訴されるであろう被告人から、こうも馴《な》れ馴《な》れしい態度で話しかけられたものだから、さすがの湖山弁護人も面食《めんく》らったかのように目を剝《む》いて、

「しかし、奥さん。ここは拘置所ですよ。断っておきますが、法廷では、決して、いまのような口のきき方をしないでください。裁判官の心証が悪くなり、奥さんが損をするでしょうから……」

「損をするのは、湖山さんのほうでしょう？　わたしとの関係を勘繰《かんぐ》られ、弁護士としての信用に傷がつくんじゃありません？」

出雲路絢子の美貌《びぼう》に悪戯《いたずら》っぽい微笑が浮かんだ。

「わたしは一向にかまいませんよ。奥さんのことが心配なんです。いいですか？　奥さんは、夫殺しの疑いをかけられているんですよ。それを忘れないように……」

「湖山さん。言っておきますけど、奥さんと呼ぶのはやめてくださらない？　夫がこの世にいなくなったからには、わたしは、もう人妻ではないんですからね」

「いいでしょう。それじゃ、絢子未亡人と呼ぶことにします」

「未亡人は余分だわ。絢子にしてちょうだい」

「わかりました。それじゃ、絢子さん。話の筋を元に戻しますが……まず、ご主人が奥日

光の『いろは坂』で死亡されたときの様子から話してください」

「まあ。ご主人だなんて……あなたの友達でしょう？　せめて名前を呼んだら？」

「ずいぶん、こまかなことにこだわるんですね。ご主人と呼ぶのが気に入らないのなら、とりあえず、出雲路史朗《いずもじしろう》くんと言っておきます」

「呼び捨てでいいんじゃない？　出雲路史朗とね」

「わかりました。それじゃ、あらためて出雲路史朗が死んだときの状況を話してください。今日は、なるべく詳しく……とは言っても接見時間に制限があるので、極力《きょくりょく》簡潔に願います」

「あら、へんな注文ね。なるべく詳しくと言っておきながら、今度は簡潔にだなんて……」

と出雲路絢子は、うふふっと揶揄《からか》うような笑い声をあげる。

湖山彬は、ちょっとむきになって、

「そうじゃないんですよ。時間の許す限り詳しくと……そういう意味です」

「わかったわ。わたしが知っていることだけを話せばいいんでしょう？」

「もちろんのことです。知らないことを知っているかのように話してもらっては困るんです。弁護方針が狂ってきますから……」

「こういうことなのよ。三月二十四日の午後だったわ。時刻は午後二時を過ぎていたかしら……」

「すると、事件の翌日ですね」

「ええ。わたし、買い物に出かけなければならないので、車のキーを持って、車庫へ下りようとしていたときだったわ。念のために確かめておきたいんだけど、車庫が半地下になっていることはご存知ですわね？」

「知っていますよ。居間《リビング》から車庫へ下りる階段があるってこともね」

「その階段を下りようとしたとき、居間の電話が鳴ったのよ。どうせ留守番電話に切り換えてあることだし、面倒だから電話には出ないつもりでいたんだけど、階段の途中まできたとき、留守番電話のスピーカーから男の声が聞こえたわ。『こちら京都府警です。至急、お話ししたいことがありますので、折り返し、お電話ください』なんて……」

「警察だと聞いたもので、電話のある居間へ引き返したんですね？」

「そうよ。わたしにしてみれば、まさか出雲路の身の上に何かあったとは思ってもみないで、とりあえず、受話器を取ったのよ。でも、そのとき、電話が切れてしまって……」

「それで、電話をかけ直したんですか？」

「そう。何だか知らないけど、警察が電話をかけてきたからには、やはり気になるものね」

「京都府警の代表電話にアクセスしたんですか？」

「いいえ。留守番電話の録音テープに入っていた電話番号のところへかけたのよ」

「それじゃ、留守番電話のテープを巻き戻したわけですね？」

「そうなの。居間へ引き返す途中、この番号へ電話をしてくださいと先方が言っている声を聞いたから……とにかく、その番号に電話してみると、府警本部の交通部へつながったのよ」

「それで？」

「交通部の警官が言うには、その前夜の午後八時二十分頃、出雲路が奥日光の『いろは坂』で事故を起こし、車ごと谷底へ転落し、死亡したって……わたし、心臓が止まりそうだったわ。しばらく口もきけず、凍りついたように突っ立ったままでいると、『奥さん。大丈夫ですか？』という相手の警官の声が耳に入り、ハッとして、われに返ったような気分になり、『あの、出雲路はどうなったんですか？　車ごと転落したとおっしゃいましたけど……』なんて、わざわざ問い返したりして……その警官は、『いま言いましたように、出雲路史朗さんは、転落死されたんです。亡くなられたんですよ、奥さん』と……このときになって、わたし、はじめて、主人が死んだという事実が実感として胸に伝わってきたの。いまから思えば、ずっしりと重い鉛の固まりで胸をふさがれたような気分だったわ」

「なるほど。車ごと谷底へ転落したことまでは何とか受け入れることができたが、死んでしまったという厳粛な事実を容認できなかったんでしょうね。だからよく聞こえなかった？　同じ事実を二度聞かされて、やっと認めることができたんでしょう」

弁護人の湖山彬は、納得したように頷《うなず》き返しながら、

「そのあと、警官は、何と言いましたか？」

「死体の確認をしてもらいたいと現地の警察が言っているから、これから、すぐに奥日光へ発《た》ってください。警官はそう言ったわ」

「つまり、京都府警としては、現地の警察から依頼され、絢子さんに、そのメッセージを伝えた？　こういうことですね？」

「そうなの。京都府警が事故の現場を見分《けんぶん》したわけではないのよ。だから、死体がどういう状況か京都府警では詳細がわからないので、とりあえず現地へ出かけてほしいって……」

「それで、言われたとおり、現地へ赴《おもむ》いたわけですね？」

「ええ」

「現地までは車で？　それとも新幹線ですか？」

「車は無理よ。出雲路なら、しばしば、京都から奥日光の別荘へ車で出かけていたけど、わたしにはできないわ。運転歴は長いんだけど、長距離となると、やはりね。体力的に無理なのよ。だから、東海道新幹線と東北新幹線を乗り継ぎ、宇都宮駅で降りて、そこからタクシーを飛ばしたの。京都府警の電話では、とりあえず日光警察署へ行くようにという

指示だったので、そこへ行ってみると、交通課長が待ってくれていたわ。もう、夜になっていたのにね」

「帰宅せずに絢子さんを待っていた？　そして、霊安室へ案内してくれたんですね？」

「ええ。ずいぶん親切な人で、いろいろと気を遣《つか》ってくれたわ……『お気の毒なことです』と何度もわたしを慰《なぐさ》めてくれるものだから、そのたびに泣けてきて……わたしの涙顔を見ると、また、その人が慰めの言葉を口にするものだから、ますます悲しくなって……」

「それで、死体の状況はどうでしたか？」

「いまだから言えるんだけど……そりゃ、もう、死体なんてものじゃなかったわ。車が転落したとき、ガソリンに引火して炎上したために、死体は真っ黒こげで、言葉は悪いけど、黒焼きみたいになっていたわ。わたしが出雲路を心から愛していなかったのは、あなたも知っていると思うんだけど、不思議なことに、無闇《むやみ》に悲しくなり、涙が止めどなく流れてきて……」

「わかりますよ、その気持ち……やはり、一つ屋根の下で暮らしたからには、夫婦なんですよ。たとえ、生前には気持ちが通じ合っていなかったとしてもね」

そう言いながら、弁護人の湖山彬は、絢子の瞳《め》が涙に潤《うる》んでいるのを、じっと見ていた。

2

弁護人の湖山彬は、引きつづいて被告人の出雲路絢子にたずねた。

「遺体がどういう有様《ありさま》だったか、それについては、日光警察署作成の記録に詳しく記載されています。車が炎上し、どういう状態になったかもね。それから、あなたが『いろは坂』の転落現場へ案内されたこともわかっています」

「あれは翌日だったのよ。現地へ着いた夜は、日光市内のホテルに泊まったわ。翌朝、その交通課長が部下に車を運転させ、ホテルまで迎えにきてくれたのよ。これから現場へご案内しますと言って……警察の人が、あんなにも、やさしくて親切にしてくれたのは、はじめてだわ。京都の警察なら、あんなにも鄭重《ていちょう》に扱ってくれないかもしれないわね。何しろ、京都人は冷淡な人が多いから……」

「それは言い過ぎですよ、絢子さん。人それぞれですから……もしかすると、その交通課長は、絢子さんの魅力に心を動かされ、必要以上に親切にしたのかもしれませんよ」

「まさか。あなた、妬《や》いているんじゃない？」

出雲路絢子の優美な唇に、冷やかな微笑が浮かぶ。

湖山彬は、にこりともせず、頑《かたくな》な表情を崩さずに、

「冗談を言っている場合ではありませんよ、絢子さん。わたしがあなたの弁護人だってことを忘れてもらっては困ります。何とかしてあなたを無罪にしてあげようと努力しているんですから……」

「そうだったわね。つい悪い癖《くせ》が出て……許してちょうだい」

と絢子は、甘い口調で詫《わ》びる。

弁護人の湖山彬は、相変わらず、取り澄ました顔をして、こう言った。

「事故発生直後は、不慮《ふりょ》の事故として処理されていたが、その後、だんだん雲行きが怪しくなり、警察が絢子さんを夫殺しの容疑者として疑いはじめた。こういうことでしょう?」

「そうなのよ。ほんとに心外《しんがい》だわ。わたしが、なぜ、出雲路を殺さなければならないの? そりゃ、愛してはいなかったけど、だからと言って、殺すなんて……」

「絢子さん。興奮しないで、冷静になってください。いいですか? 警察が疑いの目を向けはじめたのは、いつ頃なんです?」

「事故が起こってから二十日くらいあとのことよ。突然、京都府警の刑事部から電話があってね。『おたずねしたいことがあるから、お越し願いたい』と……たぶん、あの事故のことだろうと思って出かけてみると、何だか雰囲気が違っていたわ」

「どのように違っていたんですか?」

「事故直後に、日光警察署で述べたことと同じ事柄を、しつこく蒸《む》し返してたずねるんだもの」

「例えば、どんなことですか？」

「中禅寺《ちゅうぜんじ》湖畔にある別荘は誰の所有なのか、いつから出雲路が別荘で暮らしていたのか、京都の上賀茂《かみがも》に本宅があるのに、別荘で暮らすようになったのはどういうわけかなんて……そんなことなのよ」

「どう答えたんですか？」

「ありのままを答えただけよ。嘘《うそ》はついていないわ。それなのに、わたしを疑うんだから……取調室へわたしを閉じ込めたまま、次から次へと刑事が交替し、夜遅くまで煩《うるさ》く尋問《じんもん》されたわ。ほんとに、まったくの容疑者扱いなのよ……」

「しかし、その段階では、逮捕されていなかったわけでしょう？」

「そりゃ、そうよ。なぜ、逮捕されなきゃならないの？」

「絢子さん。それじゃ、一つ一つ順を追ってたずねます。まず、中禅寺湖畔の別荘のことですが、これについてはどうですか？」

「あれは、五年前に出雲路がわたしのために買ってくれたのよ」

「すると、所有名義も絢子さんになっているんですね？」

「もちろんのことよ。不動産登記簿の所有者欄にも、わたしの氏名が書いてあるわ。その前は、東京の不動産会社の所有だったんだけど、そこの会社の経営が成り立たなくなり、格安で売りに出ていたのを出雲路が見つけて、わたしのために買ってくれたってわけよ」

「そこらあたりの事情ですがね。資金はどこから出ているんですか？」

「そんなことまでは、わたし知らないわ。たぶん、出雲路が会社の裏金から工面《くめん》してくれたんじゃない？」

「資金の出所を知らないというのもヘンですね。だって、その当時、絢子さんは『出雲路建設』の取締役だったんでしょう？　平取締役ではあるにしてもね」

「あれは、あくまでも名目上のことよ。実際のところ、わたしは、会社の経営には、一切関与していなかったんだから……いまだってそうよ」

「いいでしょう。資金の出所は知らなかったとして、質問をつづけます。その別荘ですがね、実際に、あなた自身が利用していたんですか？」

「わたしも利用していたし、出雲路だって、東京の同業者を誘ってマージャンをしたり、その近くのゴルフ場へ出かけるときなんかに利用していたわ」

「それぞれが、別々の日時に利用し、宿泊していたわけですね？　利用目的も、それぞれ違っていた？」

「およそのところは、そのとおりだけど、年に一回くらいは、主人と二人っきりで別荘に泊まったこともあったわ」

「あなたが別荘を利用するときは、主として、どういう目的で？」

「お友達を誘ったり、いろいろよ。お友達と言っても、女友達ばかりだけど……」

「たまには男友達を誘ったりしたんじゃありませんか？」

「まあ。また、そんなことを……わたしの浮気の相手は、あなただけよ。ほかには誰もいないんだから……」

「絢子さん。そんな大きな声で言わなくても……弁護人との接見を拘置所の職員が立ち聞きしているとは思わないけど、やはり場所柄を考えないと……よもや法廷で、二人の関係を暴露《ばくろ》するつもりじゃないでしょうね？」

「心配しなくていいわよ。あなたって、ずいぶん気弱な男なのね。あなたが困るようなことを、わたしが公《おおやけ》にすると思うの？」

「いや、信じていますよ。ただ、ちょっと気になったから……質問をつづけましょう。出雲路くん自身は、どうなんでしょうか？　ガールフレンドを別荘で誘ったりしたこともあったんでしょうね？」

「そりゃ、あったと思うけど……わたしは、いちいち気にしてはいなかったわ。出雲路は女好きだから、いちいち気にしていたらキリがないもの」

「愛人はいたんでしょう？　出雲路くんにはね」

「いたかもしれないけど、わたしは知らないわ。知りたいとも思わないし……」

「それじゃ、この点はどうですか？　なぜ、事件が起こったとき、出雲路くんが別荘に泊まっていたのか。そして、連れがいたのかどうか、そこらあたりのことは、どうなんでしょうか？」

「わたしの知る限りでは、連れはいなかったと思うの」

「いたかもしれない。こういうことですか？」

「まあね。出雲路からは何も聞いていなかったけど……別荘に出かけたのは、事件の四日前よ。あの別荘を買いたいという業者がいるから案内するって……なるべく高く売りたいので、その交渉もしなければならないとかで出かけたのよ」

「ほんとに売るんですか？　別荘を……」

「仕方ないでしょう。あなたも知っているように、『出雲路建設』は倒産寸前なんだから……バブルが崩壊したために、会社所有の不動産が極端に値下がりし、銀行からの借金も巨額なものに膨《ふく》らんでいることでもあり、少しでも債権者《さいけんしゃ》に償《つぐな》いをしたいから売らせてくれって、出雲路がわたしに頼んだのよ」

「承知したんですね？」

「すんなりと承知したわけではないけどね」

「多少とも意見の食い違いがあったわけですか？」

「そりゃ、そうよ。『出雲路建設』に限らず、不動産会社は、どこも同じ財政状態で、赤字が累積《るいせき》しているのよ」

「あまりにも赤字が巨額なので、かえって開き直り、どうにでもしろといった調子で胡座《あぐら》をかいている不動産会社があるのは確かです。いや、むしろ、それが普通なのかもしれません。いつだったか、そのことで出雲路くんから相談をうけたとき、わたしも、こう言ったおぼえがあります。『金融機関をも含めて、債権者には迷惑をかけることにもなるけど、このさい、やむを得ないでしょう？　仮に、金融機関に差し入れてある担保《たんぽ》物件を売却したり、競売に付しても、どの途《みち》、借金の半分にも満たないし、何よりも、いまどき不動産を売却するにしろ、競売するにしろ、買い手はつかない。そう思ってりゃいいんですよ。開き直ったつもりでね』と……」

「あなた、ほんとにそう言ったの？　出雲路に……」

「言いましたよ。だけど、出雲路くんのほうは、あのとおり律儀《りちぎ》な男ですから、『そんなことは、ぼくにはできない』と、端《はな》から受け入れてもらえませんでしたよ」

「まあ。出雲路ったら……正直なのを通り越してバカがつくわね」

「絢子さん。死んだ人を悪く言うのはよしましょう。とりわけ、法廷では口を慎《つつし》んでくださいよ。いまのようなことを、ふと口に出したりすると、裁判官の心証を害し、有罪にされてしまいますよ」

「それくらいのことは、わたしにだってわかるわよ。あなただからこそ、本音《ほんね》を言ったたまでよ。とにかく、別荘を買いたいという業者のことは、わたし、全然、知らないのよ。ただ、東京の業者というだけでね」

「その業者に売買物件を見せ、価格の交渉をするために、出雲路くんが現地へ出向いたんですね？」

「そうなの。車で出かけたわ」

「すると、事故前の状況は、こういうことですか？　出雲路くん自身が別荘に泊まり、買主とも会い、売買価格の交渉をする。そのことのために中禅寺湖畔へ車を飛ばした。それが事件の四日前だったと……」

「ええ。その四日間、別荘に泊まっていたらしいんだけど、買主と何回くらい会ったのかそこまでは聞いていないわ」

「別荘から電話をしてこなかったんですか？　それとも、あなたのほうから電話をするとか……」

「一度だけ、電話をしてきたのをおぼえているわ。ちょっと要領を得ない話だったけど……」

「いつのことですか？」

「あれは、事件の前々日だったと思うわ。わたしが、ちょうど朝食のテーブルについた時刻だったから、午前九時頃ね」

「三月二十一日午前九時頃ですね？　日付から言うと……」

「ええ。家を出て以来、わたしに電話をしてきたのは、そのときが初めてだったのよ。いいえ、最後でもあったわけよね。それ以後、事件当日まで、一度も連絡が入っていないんだから……」

「なるほど。どういう内容の電話でしたか？」

「明後日夜、日光のホテルで買主に会い、最終的な価格交渉をする予定になっているって……これまでの交渉相手と違って、この買主は、本気で別荘を買うつもりでいるようだとも言っていたわ」

「それだけのために電話をしてきたんですか？　出雲路くんは……」

「ほんと言うと、わたしが寂しがっているだろうと思って、電話をしてきたのよ。そのついでに、買主のことを話してくれたんじゃないかしら……」

「その買主とは、以前にも、何度か会っているんでしょうか？」

「それは知らない。何も言っていなかったから……」

「どれくらいの価格で売るとか、その点は？」

「それも聞いていないわ。だって、わたしには関係のないことだもの……どの途《みち》、売却代金は、債権者への借金の返済にあてるんでしょうしね。わたしのポケットには一銭も入らないんだから……」

「いずれにしろ、その話を警察にしたんですね？」

「したわよ。だって、ほんとのことだもの。ところが、その話をして以来、警察の疑惑が濃くなってきたみたい」

「そのようですね。つまり、あなたとしては、別荘を売りたくないので、ひと思いに出雲路くんを事故に見せかけて殺害し、せめて自分の名義になっている不動産だけは確保しようと謀《はか》った。そのように警察は疑っているんです」

「そのとおりなんだけど、わたしは人がいいから、そこまで勘繰《かんぐ》ったりはしなかったのよ。ただ、ありのままを話しているうちに、いつの間にか夫殺しの容疑者にされちゃって……わたし、よっぽど愚《おろ》かな女なのね。ものの見事に罠《わな》に嵌《は》まったんだもの。悔《くや》しいったらありゃしないわ！」

出雲路絢子は、突如として興奮しはじめた。感情を昂《たかぶ》らせ、涙を浮かべながら取り乱し、手のほどこしようもなかった。

弁護人の湖山彬は、やむなく接見を中断せざるを得なくなった。

3

やがて、出雲路絢子の第一回公判が開かれた。

立会い検察官は、柊《ひいらぎ》茂《しげる》こと赤かぶ検事。

本来、公判を担当するのは、公判部所属の検事のはずだが、四月の人事異動などの影響で、一時的に公判部所属検事の頭数がたりなくなり、この事件に限って、刑事部所属の赤かぶ検事が公判の立会いを命じられたのである。

赤かぶ検事自身は、捜査段階において、この事件の捜査に関与したわけではない。飛驒《ひだ》高山《たかやま》や信州松本などに設置されている地方検察庁支部に赤かぶ検事が勤務していた頃は、捜査にも関与していたし、公判の立会いをもするのが通常のやり方だったが、地方検察庁の本庁が置かれている大都市では、原則として、そういうことはない。捜査担当検事と、公判検事とは別人であるのが普通だ。

とは言いながら、今回の例のように、刑事部の検事が一時的に公判部へまわったり、その逆のケースも起こり得る。

それればかりか、他府県の検事の仕事を担当しなければならないこともある。

こういうことは、いずれも、検察庁法や内部規定によって認められており、取り立てて異例のことども言えない。明らかに、その事件限りの臨時的措置《そち》にほかならないからだ。

さて、公判は、型どおり進行した。

裁判長は玉置《たまおき》健次という五十がらみの判事で、京都地方裁判所では熟達した刑事裁判官の一人だった。

玉置裁判長の両わきには、二人の陪席《ばいせき》裁判官が座り、公判の進行を見守っていた。

被告人に対する人定《じんてい》質問が終わると、玉置裁判長は、検察官席に顔を向けて、

「では、起訴状の朗読を……」

「承知しました」

赤かぶ検事は、起訴状を手にして立ちあがった。

起訴状に記載されている「公訴事実」、つまり起訴事実は、要点のみを簡潔にまとめあげたものにすぎず、詳細な犯行状況は、立証段階の冒頭において明らかにされる。

だから、ここでは、犯行の模様を詳しく陳述《ちんじゅつ》するのは、裁判官に予断《よだん》を与えることになり、違法であるとされる。

何よりも、被告人自身は、無罪であると推定されるのだから、この段階において、被告人の犯罪事実を検察官が詳しく陳述したり、それを記載した書面を裁判所へ提出するのは、もちろん、違法である。

赤かぶ検事が起訴状の朗読を終えると、玉置裁判長は、被告人の出雲路絢子を法壇の下へ呼び、こう言った。

「被告人に注意しておきます。あなたには黙秘権があるから、今夜、この法廷においても、自分の意思に反して供述を求められることはありません。また、われわれの許可を得たうえで、いつなりとも発言することができます。必要な場合には、公判中、弁護人と相談す

ることも差し支えありません。わかりましたね？」

「はい。よくわかりました」

出雲路絢子は、毅然《きぜん》とした態度で壇上の玉置裁判長を見つめながら答える。

すらりと上背のある美貌《びぼう》の未亡人だった。

事件記録によれば、当年三十五歳。死亡した夫より七歳年下である。

夫婦の間には子供がない。

玉置裁判長は、引きつづいて、彼女に言った。

「早速ですが、被告人にたずねます。いま、検察官が朗読した起訴状の内容は知っていますね？」

「知っています」

彼女は、明瞭《めいりよう》な口調で返事した。

背筋を真っ直ぐ伸ばし、臆《おく》することなく、玉置裁判長の目を見つめながら法壇の下に立っている彼女の姿は、実に堂々としていたし、むしろ、挑戦的でさえあった。

服装にしても、本来は派手好みだと聞くが、法廷での彼女は、場所柄をわきまえ、落ち着きのあるダークブルーのワンピースを身につけ、髪型にしても、至極《しごく》、控え目だった。

ほとんど化粧をしていないのに、白く透き通るような肌の艶《なま》めかしさは、なかなか魅惑的だ。

長い睫毛《まつげ》が上向きにカールしているところなども、愛くるしい。

「美人に年なし」とは、よく言ったものだと、赤かぶ検事は胸のなかで呟《つぶや》きながら、彼女の横顔を眺めていた。

赤かぶ検事自身が捜査に関与したわけではないから、ほんとに彼女が夫を殺害したのか、どうか、赤かぶ検事自身にしてみても、その心証は白紙だった。

とは言いながら、立会い検察官として法廷に臨んでいるからには、公判を維持する責任を負っており、無罪を主張するに違いない弁護側に同調するのは、職責に背く。

事件記録によると、彼女は、共犯者と共謀して夫を殺害したのであり、彼女自身が実行犯ではない。

彼女の指示に従って、不慮《ふりよ》の事故を装《よそお》い、出雲路史朗を死に追いやった実行犯が、どこの誰であるか、それさえわかっていないのである。

つまり、「被告人の出雲路絢子は、実行犯何某《なにがし》と共謀のうえ、夫である出雲路史朗の殺害を図った」というのが起訴事実である。

その点、赤かぶ検事にしてみれば、多少とも納得のいかない一面もあったが、判例によれば、実行犯が不明であっても、彼女の場合は、共謀共同正犯として、刑法上、処罰することは可能である。

そういう例をあげれば、枚挙《まいきょ》に遑《いとま》がないくらいだ。

しかし、本件の場合、たとえ彼女が共謀共同正犯として夫の殺害を企《くわだ》てたとしても、果たして、三人の裁判官が有罪の心証を固めるか、いまのところは未知数だった。

しかし、職務に忠実な赤かぶ検事としては、全力をあげて立証活動をおこなう腹がまえで公判に臨んでいた。

「美女は男の命を絶《た》つ斧《おの》」という諺《ことわざ》があるが、出雲路絢子のような美貌の女性は、たとえ独身であろうが、人妻であろうが、何かにつけて問題を起こしやすく、男を破滅に導く運命を背負っているのかもしれない。

これは、長年にわたり、刑事事件に関与してきた赤かぶ検事の経験からも言えることだった。

玉置裁判長は、法壇の下の彼女を見下ろしながら、

「あらためて被告人にたずねます。ただいま検察官が朗読した起訴状について、どう考えているか、意見を述べなさい」

「はい。率直《そっちょく》に申しますが、わたしは、夫の出雲路史朗の殺害に加担したことはありません。自動車事故に見せかけ、夫を殺害する計画には、一切、関与していないんです。たとえ夫の死が他殺であったとしても、犯人は、ほかにいるはずです。わたしではありません」

彼女は、一語一語、言葉を区切り、よく聞きとれる声で陳述した。

これが罪状認否の手続きである。

それがすむと、玉置裁判長は、弁護人席に座っている湖山彬《こやまあきら》に言った。

湖山彬は、四十代半ばの有能な弁護士だった。

主として民事事件を手がけ、刑事事件を担当するのは、そう多くないと聞くが、日本の弁護士のなかでも、刑事事件を専門的に扱う人材は、どうしても育ちにくい。そのことを思えば、今回、湖山彬が殺人事件の私選弁護人をつとめたところで、異例でも何でもない。

日本には陪審《ばいしん》制度がないことや、捜査段階では、どうしても警察や検察庁の独壇場《どくだんじょう》になりがちであり、弁護士の活動範囲が狭い。

そんなこともあって、検察官出身者は別として、刑事専門の弁護士が育ちにくいのだ。

この点でも、弁護士の活動範囲が広範に及ぶアメリカとは比較にならない。

意見を求められた湖山彬は、書面を手にして立ちあがると、

「弁護人の意見は、本日付で提出する予定の『弁論要旨』に詳しく記載しておりますので、お読みいただきたいと存じます。したがって、ここでは、要点のみをかいつまんで陳述しておきます。結論から申しますと、本件は、まったくのデッチ上げであり、被告人には無罪の判決が下されるべきです。中禅寺湖近くの『いろは坂』で発生した事件は、まぎれもなく不慮の出来事であり、被告人は無関係です。もっとも、現地の警察の捜査によると、出雲路史朗が運転していた乗用車のブレーキホースが、あらかじめヤスリのような工具で

傷がつけられ、その傷口からブレーキオイルが漏《も》れたために、出雲路史朗が運転を誤り、崖下《がけした》へ転落したことになっていますが、これについても、弁護人としては全面的に争います。被告人の出雲路絢子が実行犯と共謀のうえ、ブレーキホースに傷をつけたという検察側の主張についても、納得できない部分が多々あり、承服しかねます。以上、要点のみを述べるにとどめ、今後の公判の進行状況に合わせて、弁護人としての反証を提示し、主張を展開する予定です」

湖山彬は、熱っぽい口調で意見を述べた。

そんな湖山弁護人に期待の眼差《まなざ》しを注ぎながら、被告人の出雲路絢子は、拘置所の女性刑務官に付き添われて、被告人席に座っていた。

4

審理は順調に進行し、検察側の証人として京都府警刑事部の溝口警部が召喚《しょうかん》された。

溝口警部は宣誓の後、まず、赤かぶ検事の主尋問をうけた。

赤かぶ検事は、溝口警部にたずねた。

「おみやぁさんが本件に関与したのは、どういう事情によるものだね？」

「経緯を申しますと、こういうことです。当初、本件は、単に不慮の事故として処理されていましたが、後日、事故を偽装した他殺の疑いが濃厚になり、われわれ京都府警のチームが捜査に関与したわけです」

溝口警部は、淡々とした口調で証言した。

赤かぶ検事は言った。

「つまり、本件は不慮の事故によるものではなく、仕組まれたものだという疑いが濃くなったと現地の警察から連絡があったために、京都府警が乗り出し、チームを編成して現地へ向かった？」

「そうです。被害者の出雲路史朗は京都に生活の本拠があり、本人が経営する不動産会社も京都に存在することなどから、京都府警が捜査に乗り出すことになったわけです」

「しかし、京都府警が中心になって捜査をおこなうにしても、形式上は、あくまでも現地の警察との協力関係を維持する必要があった。こういうことだなも？」

「はい。何と言っても、事件が発生したのは奥日光の『いろは坂』であり、栃木県警の管轄下にあるわけですから……」

「栃木県警日光警察署の管轄だなも」

「そうです。当初、『いろは坂』の事故発生地点へおもむき、事故処理をしたのも栃木県警日光警察署の交通課でした」

「そうなると、栃木県警察本部なり、日光警察署なりの協力がなければ、捜査が円滑に進まない。こういうことでもあるよな？」

「そうです」

「さて、事件が起こった『いろは坂』というのは、どういう場所なのか、まず、そのことから証言してもらいたい」

「『いろは坂』は、奥日光の玄関口にあたる道路です。道が険しくて、昔は、途中から馬を引き返させた馬返《うまがえし》という難所があったりしまして、たいへんな難路でした。道路が整備された現在でも、ヘアピンカーブが多く、注意して運転しないと危険です」

「『いろは坂』にはよぉ、上り専用道路と、下り専用道路の二つがあるんだろう？」

「そうです。『第二いろは坂』というのが上り専用道路で、カーブが二十か所あり、その大部分がヘアピンカーブです」

「そのカーブごとに、『い』『ろ』『は』と名称がつけられておるのかね？」

「はい。そんなところから、通称『いろは坂』と呼んでいます。日光市街から『第二いろは坂』に差しかかった一番目のカーブが『い』と名付けられ、二番目が『ろ』、三番目が『は』といった調子で、『ね』まで二十のカーブがあります。とは言っても、上り専用道路の『第二いろは坂』は二車線でして、下り専用の『第一いろは坂』にくらべると、勾配《こうばい》も比較的、緩《ゆる》やかですから、事故発生件数も下り専用線にくらべると少ないんです」

「うむ。今回、事件が起こったのは、下り専用の『第一いろは坂』だなも」

「そうです。中禅寺湖畔から日光市街へ至る下り専用の自動車道路が『第一いろは坂』です。こちらは、中禅寺湖畔から走行してきた場合、最初のカーブが『な』と名付けられています。ここらあたりから下り勾配がきつくなり、十二パーセントくらいの坂道になっています。それ以降、だんだんカーブがきつくなり、次々とヘアピンカーブに直面しますので、冬季の通行は極めて危険です」

「なるほど。下り専用の『第一いろは坂』は、二十一番目の『な』からはじまり、次いで二十二番目の『ら』、さらに二十三番目の『む』、二十四番目の『う』、二十五番目の『ゐ』……そういった調子でヘアピンカーブが次々とあらわれる。こういうわけだなも？」

「そのとおりです。一番最後の四十八番目のカーブが『ん』です。ヘアピンカーブは、一応、ここでなくなりますが、この先もずっと、きつい下り坂になっています。いずれにしましても、下り専用の『第一いろは坂』は、平均曲線半径十五メートル、最も険しい勾配が十四パーセントと、かなりの難コースなんです」

「本件被害者の出雲路史朗が転落死したのは、下り専用の『第一いろは坂』だね？」

「そうです。二十三番目の『む』地点で、百メートル下の谷底へ転落したんです。この付近は、いずれも危険なヘアピンカーブばかりでして、ガードレールはありますが、それを突き破るかたちで被害者の国産中型車が崖下へ転落し、炎上しています」

「三月二十三日、午後八時二十分頃の出来事だなも」

「そうです。この付近一帯は、火山の噴火による溶岩流からできている涸谷《かれだに》でして、事故発生地点の『む』、それから『ゐ』のあたりでは、ほとんど垂直に谷底へ向かって断崖が切り込んでいます」

「うむ。被害者の中型乗用車は、転落する途中、樹木に引っかかって炎上した。こういうことだろうか？」

「いいえ。樹木といいましても、その季節は、やっと雪が解けたばかりでして、葉も枯れておりますし、谷底のガレ場まで透けて見える状態です。そんなわけで、被害者の乗用車は、炎上しながら、谷底のガレ場まで火達磨《ひだるま》になって断崖を転げ落ちたんです」

「そういう状況だと、山火事が発生する危険があったのではにゃぁがね？」

「いや、その季節には、霧が発生し、雨が降ると凍結はしますが、乾燥してはおりませんので、幸いなことに、山火事は発生しておりません」

「第一発見者については、どうだね？」

「後続の車のドライバーが爆発音を聞いています。その直後に現場付近へ差しかかったとき、谷底のほうから炎が立ちのぼっているのを目撃し、自動車電話で警察へ連絡をとってきたんです。ガードレールも突き破られていましたしね」

「すると第一発見者の通報により、ただちに日光警察署の交通課が出動した。こういうことかね？」

「そうです。先程も申しましたように、当初は、単なる転落事故として処理されていたんです」

「被害者の身元が判明したのは、どういう事情によるものだね？」

「まず、車のナンバーなどから所有者が判明しました。その所有者が出雲路史朗だったわけです。ほかに、焼け残った衣服や本人の血液型、さらに義歯の特徴などが資料になり、身元が確定しました。もちろん、妻である被告人の出雲路絢子にも確認させています」

「要するに、その段階までは、もっぱら日光警察署が、すべての手続きをすませたわけだなも」

「そうです」

「現場の状況について、もう一度、確認しておきたい。事件発生当時、下り専用の『第一いろは坂』の路面は、どういう状況だった？」

「雪は残っていませんでしたが、午後に降った雨の影響で、夜間には、ところどころ路面が凍結し、危険な状態だったと日光警察署では言っています。交通課の実況見分調書にも、そのように記載されておりました」

「すると、スリップしやすい路面だったのかね？」

「はい。中禅寺湖付近では、その季節でも、凍結することが少なくありません。とは言いましても、注意して走行すれば、事故を起こすことはないんです。それが日光警察署の見解です」

「被害者の車のタイヤは、ノーマルだったのかね？」

「いいえ、スタッドレスでした。いまも申しましたように、午後に小雨が降り、路面が凍結していたとしても、スタッドレスなら大丈夫だと、被害者は考えていた模様です。実際、その季節でも、通い慣れた人はノーマルタイヤで『第一いろは坂』を下りることもあるそうですから……たとえ、凍結している箇所があったとしてもね」

「しかし、被害者の出雲路史朗は、地元の人間ではないんだから、その季節にノーマルタイヤで『第一いろは坂』を走るなんて無謀《むぼう》なことはしていない。こういうわけかね？」

「はい。日光警察署の交通課長が言っていましたが、事件当時のような路面状況なら、スタッドレスで充分だろうと……」

「それによぉ、中禅寺湖畔の別荘に泊まるのは、今回が初めてではないんだし、道路状況もよく知っておった。違うかね？」

「そのとおりです。被害者の出雲路史朗は、事件の四日前から別荘に泊まっていたんです。そのさい、すでにマイカーのタイヤをスタッドレスに取り換えていたこともわかっています」

「四日前からタイヤを取り換えていたなんて、どうしてわかるんだね？」

「出雲路史朗は、京都の自宅から、そのマイカーを運転して中禅寺湖畔の別荘へきているんです。一人でね。そのとき、すでにタイヤを交換していました。日光市内のガソリンスタンドでね」

「すると、京都を出発し、日光市内に入った段階で、ガソリンスタンドへ立ち寄り、タイヤを交換させた。こういうことかね？」

「そうです。そのシーズンだと、『いろは坂』が凍結する可能性があるってことは、経験上、出雲路史朗にはわかっていましたので、京都を出発するとき、スタッドレスタイヤをトランクに積み込んでいるんです。そして、日光市内のガソリンスタンドでタイヤを交換してもらったんです」

「なるほど。出雲路史朗としても、事故防止のために、それなりの注意はしておったわけだなも」

「そのとおりです。いまも言いましたように、その季節に中禅寺湖畔の別荘へ行くのは、そのときが初めてではありませんから……」

「そんなことから、日光警察署では、事故の原因に疑問を抱いた。こういうことかね？」

「そのこともありますが、むしろ、被害者のマイカーのブレーキホースが切られていた事実が発覚し、偽装事故の疑いが浮上したんです」

「ブレーキホースが切ってあったというが、具体的にいうと、どういうことなんだろう？」

「日光警察署の交通課員が事故車の残骸《ざんがい》を調べているうちに、見つけたんです。これはおかしいというので、県警の鑑識課へまわし、詳細を調べさせたところ、思ったとおり、ブレーキホースに切り込みがあることが判明しました」

「どういう切り込みだね？」

「顕微鏡検査の結果、どうやら、ヤスリ様《よう》の刃物で傷をつけ、走行中にブレーキオイルが少しずつ漏《も》れるように細工《さいく》されていた事実が判明したんです」

「ブレーキホースというのは、ブレーキオイルを送り込むパイプだね？」

「そうです。ブレーキパイプとも呼んでいますが、これに傷がつけられていると、走行中にオイルが漏れはじめ、やがてブレーキが利かなくなります」

「要するに、ブレーキオイルが少しずつ漏れるようにパイプに傷がつけられていた。こういうことだなも」

「はい。その事実が発覚して以来、もう一度、事故車の残骸を詳細にチェックしたところ、左前輪のブレーキにオイルを送り込むパイプに傷がつけられていることがわかってきました」

「日光警察署交通課の捜査報告書によると、被害者の出雲路史朗が中禅寺湖畔の別荘を出発し、『第一いろは坂』を下り、ヘアピンカーブの『な』もしくは『む』、ないし『ゐ』のあたりに差しかかったころには、左前輪のブレーキが、まったく利かなくなっていたはずだというんだがよぉ。おみやぁさんの見解は？」

「そのとおりです。われわれとしても、日光警察署の捜査報告書を詳細に検討し、さらに、専門家の意見をも聞き、補充捜査をおこなったりして、充分に証拠固めをしたうえで、本件を検察庁へ送検しています」

「うむ。それによると、転落地点の『む』付近に差しかかったころには、左前輪のブレーキだけではなく、右前輪、さらに左右の後輪のブレーキも利かなくなり、急な下り坂で加速がついていたこともあって、ガードレールを突き破り、転落した。そうなっておるよな。そこらあたりの事情を説明してもらいたい。つまり、左前輪のブレーキにオイルを送るパイプに切れ込みが入っていると、ほかの車輪のブレーキまでも利かなくなるのは、なぜなのか。その説明をしてもらいたい」

「はい。左前輪のブレーキへオイルを送り込むパイプからオイルが漏れはじめると、そこから、どんどんオイルが漏れはじめ、ほかの三つの車輪のブレーキに送り込むオイルまでがだんだん少なくなり、結局、全部のブレーキが利かなくなるわけです。油圧式のブレーキですからね」

「なるほど。そんなことから、単なる事故ではなく、偽装事故の疑いが生じた。こういうことかね？」

「そのとおりですが、その段階では、まだ確定的な結論は出ていませんでした」

た」

「さらなる裏づけが必要だったからです。この時点では、すでに栃木県警察本部を通じて、京都府警にも連絡があり、双方の協力態勢のもとに捜査を続行することが決まっていました」

「と言うと？」

「それで？」

「現地へおもむいた、われわれのチームも、日光警察署と協力して聞き込み捜査をおこなったんです。その結果、いくつかの注目すべき事実が判明しました」

「それについて証言してちょうよ」

「承知しました。被害者の出雲路史朗のマイカーが『む』地点から転落したのは、三月二十三日午後八時二十分頃です。この点は、第一発見者の供述からも明らかになっております。それを前提にしますと、被害者がマイカーで別荘を出発した時刻は、午後八時五分頃と思われます。つまり、別荘から転落地点まで十五分を要するという結論が出たんです。この点については、ほとんど異論がありません。路面のところどころが凍結していたことでもあり、被害者の出雲路史朗としても、注意深く運転したでしょうから、スピードにしても、さほど出ていなかったはずです。それを計算に入れると、別荘から転落地点までの所要時間は、やはり、約十五分とみなければなりません」

「要するに、当日の午後八時五分頃に被害者の出雲路史朗が別荘を出発したであろうことは、まず間違いない。こう言うんだなも？」

「はい。実のところ、その五分前、つまり午後八時頃に、別荘の前を通った人物が、怪しい人影を目撃したんです」

「怪しい人影とは？」

「別荘の玄関わきに車庫があるんですが、そのシャッターが五十センチばかり巻きあがっていたそうです。その向こうに、白い車体の乗用車が駐車しているのが見えたというんです。それだけなら、どうと言うことはないんですが、車体の左側のあたりに、懐中電灯をつけて何か作業をしている人の姿が窺《うかが》われたそうです」

「作業をしておったと？」

「はい。何をしていたのかはわからないんですが、後日、左前輪のブレーキホースに傷がつけられていた事実から考えて、おそらく、偽装事故を企んだ犯人か、その共犯者だった可能性が大いにあります。少なくとも、われわれは、そのように判断しました」

「つまりシャッターが五十センチばかり巻きあがっていたから、怪しい人影が見えたわけだろう？」

「おっしゃるとおりです」

「聞くがよぉ。その通行人は、巻きあがっているシャッターの下から、わざわざ車庫を覗《のぞ》き込んだというのかね？」

「そこまではしていません。通りすがりに、ふと目撃し、ヘンだなと思ったというんです」

「しかし、腰を屈《かが》めるなりして、巻きあがったシャッターの下から、わざわざ覗き込むとかしなければ、車庫のなかの人影は見えんだろう?」

「いいえ。別荘そのものが、道路から高いところに建っているんです。その別荘の玄関わきに車庫があるわけでして、シャッターが五十センチばかり巻きあがっていたとしたならば、道路を歩く通行人には車庫の内部の少なくとも一部は見えるんです。五十センチですから、車庫の全部は見えませんが、何か作業をしているらしい人影は、おぼろげながら、通行人の視界に入ります。この点は、われわれが何度も実験を試み、確認しましたから、間違いありません」

「なるほど。それなら、納得できるわね。いや、それにしてもだよ、その怪しい人影が犯人なり、共犯者だったとした場合、わざわざシャッターを巻きあげておくというのは、どういうわけだろう?」

「理由はわかりませんが、何かの事情があって、巻きあがったままになっていたんじゃないかと察せられます。何よりも、別荘付近は寂しい場所なので、その時刻にですよ、別荘前を通る人は、ほとんどいないんです。そのこともあって、犯人なり、共犯者としては、うっかりしてシャッターを全部降ろさずにいたのかもしれません。とりわけ、外部から侵入した場合、逃げ道をつくるうえからも、人が潜って通れる程度に、シャッターを巻きあげておく必要があったと思うんです」

「そのシャッターだがよぉ、電動式かね？　それとも手動式？」

「手動式です。内側からも、外側からも、施錠《せじょう》することができるタイプのシャッターです」

「どんなふうにして施錠するんだね？」

「内側からだと、レバーを下げればロックされます。外側からは、シャッターの一番下の鍵穴《かぎあな》にキーを差し込んでひねると、ロックされたり、解除されたりします。そのあとは、手で押しあげるんです」

「そのシャッターのキーだがよぉ、誰が所持しておるんだろう？」

「キーは一個しかなく、被害者の出雲路史朗自身が所持していたそうです。車のキーと一緒にキーホルダーに差し込んでね」

「そのキーホルダーは、事件現場から発見されたかね？」

「はい。黒こげになってはいましたが、見つかっています」

「問題の通行人、つまり目撃者だがよぉ、どういう人物だね？」

「東京に本社のある電器会社の別荘の住み込み管理人です。中禅寺湖畔にあるみやげ物店の主人をたずね、碁を打つために外出したんです。その別荘からは近いので、歩いて出かけています。その途中、被害者の出雲路史朗の別荘の前を通りかかり、怪しい人影を目撃したわけです。しかし、その怪しい人物を特定することはできません。シャッターの奥が暗かったからです」

「男女の区別もつかないのかね？」

「はい。何をしていたのかもわからないんです」

「その目撃者はよぉ、自発的に地元の警察へ事実を申告したのかね？　それとも、付近一帯を聞き込みにまわっていた捜査員が、たまたま耳にした事実かね？」

「聞き込みの結果、その情報を得たんです。目撃者自身が自発的に警察へ情報を提供してくれたんじゃありません」

「うむ。ほかにも有力な情報があるのかね？」

「はい。先程も言いましたように、被害者の出雲路史朗がマイカーで別荘を出発したのは、当日の午後八時五分頃でした。ところが、その直後に、もう一人、車で別荘前を通りかかった人物がいたんです。これも聞き込みの結果、入手した情報です」

「それが第二の目撃者だなも」

「はい。彼が言うには、別荘前を車で通ったところ、道路側に面した部屋のカーテンの向こうに人影が映ったというんです。ほんの一瞬、人影が、すーっと動くのを見た程度ですから、男女の区別はつきません。しかし、時刻が問題でした。被害者の出雲路史朗が別荘を出発した直後のことなんですから……」

「うむ。詳細は後まわしにして、第二の目撃者というのは、どういう人物だね？」

「中禅寺湖畔にある寿司《すし》店の若主人です。湖畔には、会社の寮や別荘がいくつか建っており、出前の注文を受けることがしばしばあるんですが、そのときも、五人分の寿司の盛り合わせを軽自動車でとどける途中、出雲路史朗の別荘前を通り、その人影を目撃したんです」

「不審《ふしん》な人影だったのかね？」

「いいえ。ただ、何となく視界に入っただけだと言っています。その別荘に誰が住んでいるか、それも知らないんですよ、その若主人はね。とにかく、ミズナラの林のなかに別荘や寮が疎《まば》らに建っている程度なので、一度も出前をしたことのない別荘のことは何も知らないんです」

「うむ。その第二の目撃者が提供してくれた情報については、どういう評価をしておる？」

「被害者の妻である被告人の出雲路絢子の言うところによれば、事件当時、別荘には出雲路史朗一人しかいなかったはずです。ところがですよ、彼が車で出発した直後に、カーテンの向こうに人影が動いたとなれば、もう一人、誰かがいたことになります」

「だから、何だと言うんだね？」

「被告人の出雲路絢子は、自分ではないと一貫して言い張っています。事件当夜、ずっと京都の家にいたのであり、中禅寺湖畔の別荘へは出かけていないというんです」

「それじゃ、車庫のなかで何かをしておった人物について、被告人の出雲路絢子は、どういう供述をした？」

「まったく心おぼえがないというんです」

「そんな事情もあって、被告人が共犯者に依頼して、夫のマイカーのブレーキホースに傷をつけさせ、事故を装って殺害した。そういう疑いを抱いたわけか？」

「そうです。第二の目撃者が見たカーテンの向こうの人影は、もしかすると、被告人の依頼をうけて本件を実行した共犯者だったのかもしれません。もちろん、第一の目撃者が車庫のシャッターの下から目撃した人影というのも、同じ共犯者である可能性が濃厚です。その点につきまして、被告人の出雲路絢子を追及すると同時に、動機の面を探り出すべく、地道な捜査を開始したんです。これは、われわれ京都府警の専属チームが中心になり、徹底的に調べあげました」

溝口警部は、法壇の玉置裁判長を見つめながら、歯切れのよい口調で証言していた。

5

赤かぶ検事は、引きつづいて、証人席の溝口警部にたずねた。

「それじゃ、被告人の出雲路絢子について、夫を殺害する動機があるのか、どうか、この点について捜査の結果を証言してもらいたい。まず、どういう事実を突きとめたのか。そのあたりから始めてもらおう」

「承知しました」

と溝口警部は答え、ちょっと間をおいてから、こう言った。

「当初、被害者の出雲路史朗が代表取締役であり、経営者でもある『出雲路建設』の内情について調べました。その結果、数々の興味ある事実が明らかになったんです」

「会社の経営状態が思わしくない。こういうことかね？」

「思わしくないなんてものではなくて、もはや、事実上、倒産状態にあることがわかってきたんです。土地の値上がりを予測して買い占めた山林がバブルの崩壊によって値下がりしたために、巨額の赤字を抱えていたわけです。金融機関からの借入金や一般債権者《さいけんしゃ》への負債《ふさい》などを含めると、総額六十二億円に達します。一方、資産のほうは、どのように贔屓《ひいき》目《め》に見積っても、三十八億円そこそこなんです」

「聞くがよぉ。その程度の赤字を抱える不動産会社は、バブル崩壊後の不況下では、それほど異例のことではないのと違うかね？」

「おっしゃるとおりです。もっと財政状態の悪い中小不動産業者はいくらもありますから……いや、大企業の不動産会社でも、状況は大きく変わらないんです」

「しかし、中小企業のほうが、風当たりが強いのは確かだなも」

「はい。とりわけ、『出雲路建設』の債権者のなかには、質《たち》のよくないノンバンク系の金融機関が含まれていましてね。彼ら自身が倒産の危機に瀕《ひん》しているわけですから、そりゃ、もう、必死になって圧力をかけ、たとえ借金の一部でも返済させようと、陰《いん》に陽《よう》に攻勢をかけていたんです。そういう複雑な状況の真っ最中に、出雲路史朗が転落死したわけですから、われわれ捜査関係者としては、単なる事故として片づけるには余りにも状況が複雑に過ぎました」

「要するに、出雲路史朗が転落死した事件の背景には、何やら陰謀の匂《にお》いがした。こういうわけだなも？」

「それは言えます。現在でも、なお『出雲路建設』の役員たちは、ほとんど行くえが知れなくなっているくらいですから……」

「所在不明ということかね？」

「はい。専務取締役以下五人の役員たちが、相次いで姿を消したんです。この情報は極めて衝撃的です。ただ一人、出雲路史朗の秘書役だった飯貝登《いいがいのぼる》という取締役が最後まで残っておりましたが、これも、目下《もっか》、行くえが知れなくなっています」

「なぜ、姿を消したんだろう？」

「そこらあたりの事情は明らかになっていませんが、飯貝登を除いて、失踪《しっそう》した役員は、大なり小なり、会社の経理に穴を空けていたんです。要するに、経営者の出雲路史朗を陰で裏切り、私服を肥やしていたわけでして、これも、倒産の原因の一つになったようです」

「つまり、会社の金を着服《ちゃくふく》していた事実が発覚しそうになったので逃げた。こういうことかね？」

「それに違いありませんが、着服した金額を割り出すのはむずかしいんです。何しろ、帳簿が紛失し、残っている会計書類にしてみても、不正確なのが多くて、どうにもこうにも話になりません」

「失踪した役員たちのことだがよぉ。家族も一緒に消えちまったのか？」

「家族ごと行方不明になっている場合もありますし、家族だけが残っているケースもあるんです」

「それらの家族は事情を知らないのかね？」

「何も知りませんと、その一点張りでして、所在を突きとめる手がかりもないわけです。

嘘《うそ》をついている疑いもあるんですが、われわれとしては、手も足も出ない有様《ありさま》です。最近まで踏みとどまっていた取締役も、いつの間にか姿を消しているくらいですから……飯貝登、四十歳がそれです。聞き込みの結果によりますと、飯貝取締役は、最後まで出雲路史朗に忠実だった人物ですが、結局、いずこかへ姿をくらましています」

「そうなると、債権者としては、ただ一人残された経営者の出雲路史朗を責めるよりほかないわけか？」

「とは言いましても、『出雲路建設』の資産は、すべて銀行や信用金庫、ノンバンク系の金融機関の担保《たんぽ》がついていますから、どうにもなりません。たとえ転売できたとしても、負債の総額には満たないわけです。不動産の価格が極端に値下がりしていますからね。いや、むしろ、バブルが崩壊したために、不動産を転売すること自体が不可能な状態です。不動産会社は、どこも似たり寄ったりで、そういう行き詰まり状態は、『出雲路建設』に限ったことではないんです」

「出雲路史朗自身の個人資産については、どうなんだね？」

「個人資産も、すべて金融機関や債権者の担保になっています。ただ、妻である被告人の出雲路絢子名義の資産だけは、まったく手がつけられていなかったんですよ。われわれは、ここに目をつけました」

「と言うと？」

「被告人の出雲路絢子の資産は、捜査報告書にも記載しておりますが、次のような内容です。まず、今回、出雲路史朗が宿泊していた中禅寺湖畔の別荘ですが、これが時価二億五千万円の価値があります。実際は、もっと高値で購入していますが、値下がり分を勘案《かんあん》しても、二億五千万円は固いところです」

「その価格なら、いまでも売れるわけか？」

「低めに見積もられていますから、買い手はつきます。実際のところ、出雲路史朗が、事件の四日前から、その別荘に滞在していたのも、東京からやってきた買主と価格などの交渉をするためでした」

「その件については、後ほど詳しく聞かせてもらうとして、ここでは、被告人出雲路絢子の資産内容について、証言してもらいたい」

「いま言いました中禅寺湖畔の別荘のほかに、彼女名義の預金が一億八千万円。この預金が、手つかずのまま残されています」

「被告人自身の預金として、そのまま残されている。こういうわけだなも？」

「はい。中禅寺湖畔の別荘にしても、一切、担保はついておりませんから、やはり、これも額面どおりの価値があります」

「それじゃ、別荘と預金だけでも、総額四億三千万円。おみやぁさんの証言によれば、これは出雲路史朗の資産ではないから、相続財産ではなく、被告人の固有財産であり、相続税もかからない。もちろん、会社の借金の担保にもなっていない。こうなると、一般債権者は言うに及ばず、銀行や信用金庫、ノンバンク系の金融業者が目をつける。これは当然の成り行きではにゃぁがね？」

「そのとおりです。毎日のように、関係方面から、煩《うるさ》く催促がきていたんです。とりわけ、ノンバンク系の金融業者は、そりゃ、もう、なりふりかまわず、連日のように出雲路史朗を責めたてていたこともわかっています」

「被告人出雲路絢子の資産は、ほかにもあるのかね？」

「はい。今回、夫の出雲路史朗が死亡したことにより、一億円の生命保険金が支払われることになっていました。もっとも、このほうは、税金がかかりますがね」

「そりゃ、そうだろうけど、実際に、保険金は支払われたのかね？」

「いいえ。結局、被告人が起訴されたために、保険会社としては、支払いをストップしています。もし、被告人が無罪になれば、支払う用意があると、そういう態度なんですよ。保険会社としてはね」

「いずれにしろ、四億三千万円の資産が手つかずのまま残されているとなると、債権者が血眼《ちまなこ》になって、出雲路史朗なり、妻の絢子なりを追いまわしたことだろう。違うかね？」

「それは事実ですが、出雲路史朗としては、せめて、その程度の資産を妻の絢子に残してやりたいと、かねてから決心していたようです。このことは、同業者の供述からもわかっております。何よりも、被告人の出雲路絢子自身が、そう言っていますから……」

溝口警部が答えたとき、被告人席の出雲路絢子の怜悧《れいり》な横顔がちらっと翳《かげ》るのを赤かぶ検事は見た。

何を考えているのか、彼女は、一貫して冷静さを失わず、顔色一つ変えないで座っていたのだが、ここへきて、多少とも気持ちが動揺しはじめた様子だ。それを見破られまいとして、心なしか表情が強張《こわば》るのだろう。

赤かぶ検事は、溝口警部に対する主尋問を続行した。

「すると、出雲路史朗としては、妻の絢子を愛していたからこそ、やいのやいのと責めたてる債権者を向こうにまわして、懸命に防戦しておった。こう考えてええのかね？」

「言うまでもありません。出雲路史朗は、もっぱら、絢子のためを思うからこそ、彼女の資産を債権者に提供するのを拒みつづけていたんです」

「被告人の出雲路絢子自身としては、どうなんだろう？　夫に感謝しておったんだろうか？」

「そこらあたりのことは、よくわかりません。これは噂《うわさ》ですが、彼女には、愛人がいるそうですから……いいえ。付き合っている男性は、一人や二人ではないという聞き込みもあります」

溝口警部の証言を耳にした弁護人の湖山彬の眉《まゆ》がピクッと動いた。

察《さっ》するところ、湖山弁護人にとって、いまの証言は、いささか不本意なものであったらしい。

出雲路絢子自身は、いくぶん青ざめた顔をして、唇を固く結んでいた。

赤かぶ検事は言った。

「愛人とか、恋人のことはさておくとして、出雲路史朗がだよ、別荘を売るつもりになったのは、どういうわけだね？」

「それはですね。一にも二にも、債権者から厳しく責められたからです。とりわけ、ノンバンク系の金融業者は、手つかずのまま残されている別荘に早くから目をつけていましたから……要するに猛烈な攻勢をかけたんです。出雲路史朗としても、抵抗しきれなくなり、妻の絢子を説得し、承知させようと努めました」

「だがよぉ。妻の名義になっておる資産をだよ、なぜ、夫の会社の借金の弁済に当てなければならないんだね？　そんなのは筋が通らないと言い張れば、債権者としても、それ以上、追及できないはずだがよぉ」

「いや、そうじゃないんです。問題の別荘を買い取る資金の大部分は、どうやら会社の裏金から捻《ひね》り出したらしいんですよ」

「すると債権者は、そのことを知っておって、煩く出雲路史朗を責めたために、彼としても、断りきれずに、承諾した。こういう経緯かね？」

「そうです。実際のところ、例の別荘は、時価二億五千万円。買いつけた時点では、もっと高値だったんです。常識から考えても、それだけの大金を妻の絢子が工面できるわけがないんですよ」

「ちょっと聞くがよぉ。その頃、妻には収入がなかったのかね？」

「多少ともあったようです。なぜなら、『出雲路建設』の役員の一人として、報酬《ほうしゅう》をもらっていましたからね。さらに、『出雲路建設』の子会社の役員でもありましたから、そこからも報酬が支払われていました。それらの収入は、ほとんど全額、彼女名義の銀行口座に振り込まれていたんですよ。現在、彼女名義の預金が一億八千万円あると先程申しましたが、そのなかにも、役員報酬が含まれているんです」

「それじゃ、こういうわけかね？　妻の絢子は、受け取った役員報酬にはまったく手をつけずに、全額預金していた。これは彼女の預金であり、債権者としても、いまさら会社の借金の穴埋めに使えとは言いにくい。しかし、会社の裏金から買い取った疑いのある別荘については、このさい転売して現金に換え、借金の弁済に当てよと煩く迫っていた。こうなると、出雲路史朗としても、妻を説得して承知させるよりほかない。こういうわけだなも」

「そのとおりです」

「それでよぉ、妻の出雲路絢子は承知したのかね？」

「いいえ。なかなか首を縦に振らなかったんです。いずれにしても、妻の絢子の実印と印鑑証明がなければ、別荘は売却できませんよね。不動産登記簿の所有者欄には、出雲路絢子所有であるむねが、歴然《れきぜん》と記載されているんですから……」

「それにもかかわらず、出雲路史朗が問題の別荘を売却すべく、事件の四日前から、そこに宿泊しておったのはどういうわけか。そこらへんの事情を知りたい。ええかね？　東京からやってきた買主と会うために、出雲路史朗はマイカーに乗り、事件当夜、『第一いろは坂』を下り、日光市内のホテルへ向かったというんだろう？　このことは、捜査の結果、明白になっておる。しかしだよ、所有者である妻の承諾がとれず、実印も印鑑証明もないのに、なぜ、出雲路史朗は、買主に会うために『いろは坂』をマイカーで下りたんだね？不運にも、その途中、出雲路史朗は『第一いろは坂』の『む』の地点から転落し、死んじまったんだ。となると、やはり、この間の経緯が重要視される。裁判所としても、大いに興味のある事柄だと思うがよぉ」

そう言いながら、赤かぶ検事は法壇の玉置裁判長を見あげた。

玉置裁判長は、ちょっと顎《あご》を引いて頷《うなず》くような態度を見せたかに思えたが、あからさまに顔には出さない。

その両側に控えている陪席《ばいせき》裁判官たちも、ポーカーフェイスを決め込んではいるが、内心では、強く興味をひかれるに違いない。

溝口警部は答えた。

「何しろ、当の本人の出雲路史朗が亡くなっておりますので、推測の域を出ません。ただ、これだけは言えると思うんです。おそらく、出雲路史朗としては、煩く責めたてる債権者への手前もあって、とりあえず東京からやってきた買主と会い、適当にあしらっておこうと考えたのかもしれません。あるいは、少なくとも売却価格の交渉くらいはしなければと、そう考えていたんじゃないでしょうか。もし、高値で売却できそうなら、そのとき、あらためて妻の絢子を説得してみようと、胸のうちで算段《さんだん》をしていたとも考えられます」

「うむ。出雲路絢子が警察で取り調べをうけたとき、その点について、こう答えておるよな」

そう言いながら、赤かぶ検事は、机の上に置いた事件記録の頁《ページ》を繰り、綴《と》じ込まれている被告人の供述調書に視線を走らせながら、

「この調書によると、三月二十一日午前九時頃、つまり、転落事件の前々日の午前九時頃のことだが、京都上賀茂の私宅に居合わせた妻の絢子にだよ、別荘に滞在中の出雲路史朗から電話がかかったというんだわね。そのときの話では、三月二十三日夜、つまり事件当夜のことだがよぉ、日光市内のホテルに滞在中の東京の業者と会う予定だとか、出雲路史朗が妻の絢子に話したと言うんだ。これに対して、絢子はあえて異議をとなえず、一応、別荘の売却に同意したかのような返事をしておる。この点はどう評価するね？」

「確かに、被告人の調書では、そうなっています。しかし、実際に、その程度の会話しか交わされなかったのか。それとも、もう、このとき、被告人としては、夫の説得をかわしきれず、一応、別荘の売却を承知していたのか。そこらあたりのことはわからないんです」

「なるほど。死人に口なしだからよぉ」

「おっしゃるとおりです。出雲路史朗の供述と、被告人の絢子の供述とを突き合わせてみれば、何が真実だったのか、ある程度、察しはつくと思うんですが、いまとなっては、それも不可能です」

溝口警部の証言を聞いていた被告人席の出雲路絢子は、そっと顔をあげ、壇上の玉置裁判長の顔色を盗み見た。

しかし、玉置裁判長は、相変わらず、謹厳実直《きんげんじっちょく》な態度を崩さない。

実のところ、被告人の出雲路絢子は、湖山弁護人と接見《せっけん》したさい、いまの溝口警部の証言とは違った内容の話をしていた。

彼女としては、夫の依頼を断り切れずに、ひとまず、別荘の売却に同意したかのような口ぶりさえ示したのだ。

だから、もし、湖山弁護人との接見の場面に第三者が居合わせたなら、彼女の警察における供述内容と、接見のさいに湖山弁護人に話したこととの間に食い違いがあるのに気づくはずだ。

もちろん、湖山弁護人は、そのことを知っているのに違いない。

なぜなら、弁護人であるからには、被告人の供述調書を閲覧《えつらん》することができるからである。

とは言いながら、湖山弁護人は、その食い違いを、どのような形で依頼人のために利用するか、それは自由であり、弁護権の範囲内にあることだ。

いずれにしろ、湖山弁護人としては、その食い違いを、彼女に不利な形で公《おおやけ》にすることはできないのである。

一方、赤かぶ検事にしろ、溝口警部にしろ、被告人と弁護人との接見の模様を盗聴することは許されないのだから、食い違いがあったか、そうでないか、知るよしもない。

赤かぶ検事は溝口警部にたずねた。

「事件の前々日の三月二十一日朝、出雲路史朗が妻の絢子に電話をかけたことは事実だよな。そして、三月二十三日夜に、日光市内のホテルへおもむき、東京からやってきた買主と会う予定でいることも、出雲路史朗が妻の絢子に話しておる。この事実は、重大な意味を持つと思うんだが、どうだね？」

「お察しのとおりです。被告人にしてみれば、時価二億五千万円の別荘は、どうあっても手放したくなかったでしょう。その別荘を売り払って債権者に弁済しても、どの途《みち》、会社は倒産するんですから……その結果、彼女自身も無一文《むいちもん》になり、上賀茂の私宅も他人の手に渡る。結局、彼女は何の見返りもなしに家から放り出されるわけです。夫の出雲路史朗自身が無一文なんですからね」

「そこで、彼女としては、どうあっても別荘を確保したい。そればかりか、手つかずのまま残っている自分名義の一億八千万円の預金も自分が握っていたい。この預金にしても、気の弱い夫のことだから、債権者から強く迫られたら、断り切れず、預金を引き出して債《さい》務《む》の弁済に当てたいと言い出すのではないか。そうならないためには、このさい、夫の出雲路史朗に消えてもらうのが一番だ。そういう考えが、被告人の胸の中に湧《わ》きあがったとしても不思議はない。おみやぁさんたちがだよ、被告人に疑いの目を向けるきっかけになったのは、まさに、そのことではにゃぁがね？」

「おっしゃるとおりです。別荘と預金とを合わせると、四億三千万円に達するわけであり、これだけの資産が、そっくり彼女の手中に残るとなると、これはたまらない魅力です。何よりもですよ、夫の出雲路史朗から、その電話があった翌々日の夜に、出雲路史朗が『第一いろは坂』の『む』地点から転落死したんです。このことを重視しなければなりません。何はさておき、被告人は、夫の行動予定をすべて知っていたわけですから、これは犯行に直接、結びつく決定的な要因ですよ」

「なるほど。そういう観点から被告人を取り調べたわけだが、その経過について証言してもらいたい」

「はい。当初、任意出頭という形で京都府警本部へ被告人を呼び、事情を聴取しました。もちろん、彼女は否認していましたよ。その後もずっと……」

「おみやぁさんたち捜査官としても、被告人が簡単に罪を認めるとは予想していなかったんだろう？」

「言うまでもありません。自首してきた場合は別として、任意出頭を求め、取り調べたところで、簡単に自白するはずはないんです。そりゃ、そうですよ。誰しも、罪を免《まぬが》れたいと思うのが人情でしょうから……しかし、われわれは、根気よく彼女から事情を聴取しました。もちろん、その段階では逮捕していません」

「言うなれば、真実を話すように被告人を説得した。こういうことだよな？」

「はい。彼女に限らず、いつも、われわれは、そのようにして真実を追及しておりますし、それが仕事でもありますから……」

「結局、被告人としても、逃げ切れずに、罪を認めたのかね？」

「まず、動機の点を認めました。つまり、夫の出雲路史朗が死ねば、当然に会社は倒産するが、彼女自身の名義になっている中禅寺湖畔の別荘と、一億八千万円の預金は自分の手元に残る。そうしてもらわないことには、将来の生活が危ぶまれるわけです。それが彼女の偽りのない本心でした。しかし、夫の出雲路史朗は、気が弱いために、債権者の強引な圧力に屈し、すでに別荘を売るつもりになっていた。もちろん、彼女としては、実印や印鑑証明をあくまでも夫に渡さないつもりだが、一つ屋根の下で暮らしている夫婦であり、いつ、どのような機会に、実印を盗まれないとも限らない。それが怖くてたまらなかったと、彼女は自白しました」

「だから、このさい、思い切って夫を葬《ほうむ》り去《さ》り、自分の財産を守りぬく？　こういうわけだなも」

「はい。そのことも彼女は認めました」

「だから、それらの事柄について、彼女が供述したとおりの内容を調書にとり、彼女の署名捺《なつ》印《いん》を求めた。それが本法廷に提出されている自白調書だなも」

「そのとおりです。われわれは、あくまでも、任意出頭という形で彼女から事情を聴取した結果、彼女の自白を得たわけです。そして、彼女が自白したままを調書として作成したわけです」

「したがって、被告人の自白調書には任意性がある。こういうことだなも」

「そのとおりです」

「それにしても、被告人としては、夫を殺害する動機があったことは認めたが、実際に手を下して、夫を殺害したのか、どうか。この点についてはどうだね？」

「殺《や》っていないと彼女は言い張りました。しかし、夫のマイカーのブレーキに細工をして、オイルが漏《も》れるようにしておけば、『第一いろは坂』を下る途中、ブレーキが利かなくなり、転落死することくらいは誰にだって予想できます。この点は被告人も認めており、調書にも記載してあります」

「被告人自身は手を下してはいないが、共犯者にやらせた。そういう含みのある供述だったのかね？」

「そこまでは認めようとしませんでした」

「それも、また、妙だなも。自分が手を下したのでなければ、共犯者にやらせたはずだが、その点についても否認した。こういうことかね？」

「はい。共犯者が誰であるかも、一切、黙秘したんです」

「しかし、被告人自身にしてみても、運転歴は長いんだろう？」

「そうです。二十歳のときから車を運転しているといいますから、ベテランですよ」

「彼女自身のマイカーもあるんだろう？」

「あります。夫は国産車に乗っていますが、被告人はＢＭＷを乗りまわしています」

「ほう。出雲路史朗という男は、よっぽど妻を愛しておったんだろうな」

「そうです。妻に甘い夫であったのは確かです。このことは誰しも認めるところです」

「事件当日、被告人のＢＭＷは、どこにあったんだね？」

「わかりません。目撃者がおりませんから……通常、上賀茂の私宅のガレージに入れているんですよ、ＢＭＷをね。しかし、事件当夜、そのＢＭＷがガレージに入っていたのか、どうか、不明です」

「彼女自身は、何と言った？」

「事件当夜は、車に乗っていないと、そう言うんです。いや、前日も、前々日も、ずっと遠乗りはしていないと、頑強《がんきょう》に否認しています」

「買い物するのに使用したことは認めておるんだなも？」

「はい。つまり、ＢＭＷには乗ったが、京都市内からは出ていないと、そう言うんですよ。まして、中禅寺湖畔の別荘へ車を飛ばすなんて、自分には無理だって……」

「どうしてだね？」

「体力が持たないと彼女は言うんですが、果たして、どうなのか。ベテランのドライバーなら、その程度のツーリングは平気じゃないかと思うんですがね」

「そうだよな。京都から中禅寺湖までは、高速道路も整備されていることだから、たとえ女性であっても、数時間ごとに休みをとるとかすれば、安心して運転できる。違うかね？」

「言うまでもありません。とにかく、われわれとしては、彼女の交遊関係を調べましたが、愛人、もしくは恋人がいるらしいという噂《うわさ》はあったものの、確証を得るまでには至っておりません」

「現在も、なお、その関係の捜査をつづけておるんだろう?」

「はい。特別チームを編成し、聞き込みにまわらせています」

「これまでの捜査の結果によると、出雲路史朗のマイカーのブレーキホースに傷をつけたのは、おそらく、事件発生の直前と考えられる。それらしき人影が、別荘の車庫のなかにいるのが目撃されておるからな。それが被告人自身なのか、それとも共犯者なのか、その点は不明だがよぉ。何はともあれ、ブレーキホースに傷をつければ、事故を偽装してドライバーを殺害できる。この程度の知識は、車を運転する経験のある人物なら、当然に知っておるだろう。違うかね?」

「そのとおりです。彼女は、長年、車を運転しているわけですから、それくらいの知識はあるはずです」

「問題は、別荘の車庫のキーのことだがよぉ。これまでの捜査によると、キーは一個しかなかった。その一個のキーを被害者の出雲路史朗が所持していた。こういうことだよな?」

「はい。被告人が言うには、夫は、いつも別荘の車庫のキーをマイカーのキーと一緒にキーホルダーに差し込み、持ち歩いていたと言うんですから……」

「それならばだよ、妻である被告人には、そのキーを複製する機会は、いくらもあったよな。まさか、夫の出雲路史朗がキーホルダーを抱きしめて寝ていたわけでもないんだろうからよぉ」

赤かぶ検事は、笑いたくなるのを堪《こら》えていた。

溝口警部は言った。

「おっしゃるとおり、妻である被告人には、別荘の車庫のキーを複製する機会はあったはずです。何よりも、彼女自身が別荘へおもむき、そこに滞在することもあったんですから、自分の車を車庫へ入れるについても、キーが必要です。そういうとき、どうするのかと問い詰めましたところ、こう答えました。夫からキーを借りて、別荘へ行くと……その機会にだって、複製することはできたわけです」

「うむ。そもそもだよ、別荘は彼女の所有名義なんだから、そこにある車庫のキーを彼女が所持していないこと自体が不可解だ。そうではにゃぁがね？」

「そうなんです。察するところ、車庫のキーは二個あり、夫婦がそれぞれ一個ずつを所持していたのではないかと思われますが、彼女は認めようとしません」

「うむ。出雲路史朗が死んでしまったからには、真実を突きとめる手段も失われておる。先程も言ったように、死人に口なしだでな」

赤かぶ検事は、悔《くや》しげに唇を噛《か》んだ。

6

赤かぶ検事の主尋問が終わると、玉置裁判長は、弁護人席の湖山彬を眺《なが》めやり、こう言った。

「弁護人。それでは反対尋問をどうぞ」

「承知しました」

湖山弁護人は頷《うなず》き返すと、メモを手にして立ちあがり、証人席の溝口警部を見つめながら

「今度は、弁護人からおたずねします。最初に、被告人出雲路絢子が京都府警本部の捜査官に取り調べを受けたさいの供述を録取した調書についてたずねます。検察官の主尋問によれば、まさに、これは、被告人が犯行の一部を自白した調書だというんですが、弁護人としては承服できません。おわかりですか、これは、どういうことなのか?」

「たぶん、おっしゃる意味は、こうだと思います。その自白調書は、われわれのデッチ上げだと……」

「よくご存知ですね。デッチ上げもいいところですよ。なぜなら、被告人は、犯行の動機についてさえも認めていないからです」

「いいえ。お言葉を返すようですが、少なくとも、われわれが取り調べたときには、動機の点について被告人は自白していたのです。言うまでもなく、その時点では、まだ被告人の身柄《みがら》を拘束《こうそく》してはおりません。つまり、逮捕状を執行していなかったわけです。よろしいですか？」

と溝口警部は、弁護人席を振り向きながら、

「われわれは、あくまでも被告人の出雲路絢子の任意出頭を求め、取り調べをつづけていました。そうこうするうちに、彼女がポツリと罪を認める供述をはじめたので、われわれとしては、やっと真実を話す気になってくれたのかと胸を弾《はず》ませ、次々と質問をしていくうちに、先程、わたしが検察官の質問に答えたような内容の自白をしたんです。もっとも、その自白は犯行の動機の点に限られており、犯行時の詳細な模様については自白しておりません。共犯者がいるのか、それとも彼女自身が夫のマイカーのブレーキホースに傷をつけたのか、そのことについても一切、黙秘していました。では、なぜ、突如として彼女の態度が変わったのか。動機について自白したからには、それにつづいて、犯行の具体的状況についても自白するのが普通です。にもかかわらず、突然、態度を翻《ひるがえ》し、貝のように口を閉じたのは、弁護人のアドバイスによるものです」

「ほう。弁護人というのは、わたしのことを指すんですか？」

「言うまでもありません。ご自分がよく知っておられるわけですよ。わざわざ、わたしが

証言するまでもないと思いますがね」

溝口警部は、皮肉めいた微笑を口元に浮かべながら、赤かぶ検事に、ちらりと思わせぶりな視線を投げる。

（おみやぁさんよぉ。いい気になっておると、足元をすくわれるでよぉ。気をつけなよ）

赤かぶ検事としては、そう言って溝口警部に注意をうながしたいのはやまやまだったが、そうもいかず、渋い顔をして溝口警部に目顔でサインを送る。

溝口警部は、わかったのか、わからないのか、とにかく正面に向き直った。

湖山弁護人は言った。

「溝口さん。わたしが出雲路絢子に接見したのは、彼女が冤罪《えんざい》の罠《わな》に落ちないようにアドバイスするためでした。これは弁護活動として法律上、認められていることであり、捜査を妨害するためではありません。この点はお認めになりますね？」

「もちろん、認めます。まさか、弁護人が捜査を妨害するとは思ってもいませんよ」

「いいでしょう。ここで議論をしてもはじまらないので、この程度にしておきますが、あなたたち捜査官が言うところの自白調書について、最も不可解な点は次のような事柄です。事件の前々日の午前九時頃、別荘に滞在中の出雲路史朗が被告人である妻の絢子に電話をかけています。そのときの電話のやり取りでは、別荘の売却を不承不承《ふしょうぶしょう》ながら、一応、彼女は認めていたんです。決して、真《ま》っ向《こう》から売却に反対してはいません。彼女にしてみれば、仕方のないことだという諦《あきら》めの気持ちがあったわけです。少なくとも、接見のさいには、そのようにわたしは聞いています。ところがですよ。先程、あなたが検察官の主尋問に答えたところによれば、彼女としては、別荘の売却には反対だったのに、一方的に出雲路史朗が買主と交渉し、既成事実を作りあげようとしていたかのように解釈できます。これも事実に反するわけですが、あなた自身、そのことを認めますか?」

「いいえ、認めません。われわれが出雲路絢子を取り調べたところでは、あくまでも売却に反対の意思表示をしたと彼女は供述しています。にもかかわらず、夫が自分勝手に売却の話を進めようとしていたんだと彼女は、言ったんです。だからこそ、そのとおり、調書を作成したわけです」

「要するに、犯行の動機については、出雲路絢子が自白したのも同然だと決めてかかり、そのような内容の調書をデッチ上げた。こういうことですね?」

「何度も申しますが、自白調書をデッチ上げたりはしておりません。誤解のないように……」

「わたしは誤解してはおりませんよ、溝口さん。事実をねじ曲げて証言しているのは、あなたのほうです。出雲路絢子の調書をデッチ上げておきながら、涼しい顔をしているんですから、まったくもって鼻持ちならない。盗《ぬす》っ人猛々《たけだけ》しいとは、このことだ!」

湖山弁護人は、俄然《がぜん》、言葉を荒《あら》らげ、溝口警部を非難した。

たぶん、これも依頼人である出雲路絢子へのサービスのつもりなのだろうが、赤かぶ検事にしてみれば、黙って見過ごすわけにはいかず、異議を申し立てるべく腰を浮かせたとき、玉置裁判長の声が法壇の上から響いた。

「弁護人。妄《みだ》りに興奮しないように……自白調書をデッチ上げたのか、そうでないのか、最終的には、われわれが判断します。よろしいですね？」

「わかりました。以後、注意します」

湖山弁護人は、言葉のうえでは謝罪したものの、これもパフォーマンスのつもりでいるらしく、顔色ひとつ変えずに反対尋問を続行した。

「溝口さん。あなたは主尋問のさい、出雲路絢子に愛人あるいは恋人がいるかのような証言をしましたね。その人物が共犯者として本件犯行に加担しているかのような証言もしています。そこで、うかがいますが、愛人ないし恋人、もしくは共犯者を特定することができるんですか？　捜査の結果として……」

「いいえ。愛人や恋人がいるという聞き込みがあったと証言したまでです」

「単なる噂《うわさ》ですね？　それは……」

「聞き込みの結果、そういう情報が得られたと証言したんです」

「だから、たずねているんです。聞き込みというからには、噂ではないのかと……違いますか？」

「噂と言ってもよろしいでしょう。あえて否定はしません」

「なかなか逃げ口上《こうじょう》がうまいですね。とにかく、誤解があっては困りますので確認しておきたいのですが、出雲路絢子には、愛人もいないし、恋人もいません。これは、わたしが保証します。まして共犯者などいるはずもないんですよ、溝口さん」

「そうでしょうかね。愛人あるいは恋人のことは別として、被告人が夫を愛していなかったのは事実です」

「それも聞き込みの結果ですか？」

「そうです。聞き込みというのは、捜査上、必要な情報収集の手段として公認されています。世間の無責任な噂を情報源にはしておりません。あくまでも信頼性の高い情報のみを厳選して、捜査の参考にしているわけです」

「溝口さん。夫との関係が冷めている夫婦なんて、世間では決して珍しくありませんよ。とりわけ、わが国では、家庭内離婚と言われているように、そういうケースが多々あります。アメリカと違って、心のなかでは離婚を望みながらも、なかなか実行できないんです。慰謝料の問題とか、そのほか様々の柵《しがらみ》が絡んできますのでね。無理をして離婚をするより、密《ひそ》かに浮気を楽しむほうが手っ取り早い。そう考えている夫婦は、決して珍しくないんです。だからこそ、不倫を扱った読物が持て囃《はや》されます。フィクションであろうが、ノンフィクションであろうがね。よろしいですか？　溝口さん。妻の気持ちが冷え切っているからといって、容疑者扱いにするのは、もってのほかです。違いますか？」

「おっしゃる意味は、よくわかります。夫を愛していない妻を無差別に容疑者扱いしているわけではないんです。もし、そんなことをすれば、忙しくて家族と対話する暇もない刑事の妻を片っ端《かたばし》から容疑者にしなければならなくなりますからね」

溝口警部は苦笑した。

自分でも馬鹿馬鹿しくなってきたらしい。

壇上の玉置裁判長も、笑いを嚙《か》み殺しているかに見える。

しかし、被告人の出雲路絢子は、能面のような怜悧《れいり》な横顔を見せながら、被告人席に座っていた。

湖山弁護人は言った。

「それでは、ここで、事件発生当時の状況についておたずねします」

そう前置きして、湖山弁護人は、手にしたメモに視線を落としながら
「『第一いろは坂』の『む』地点で発生した転落事故の第一発見者は、日光警察署交通課が作成した記録によると、小泉晴夫、三十五歳。これに間違いありませんね？」

「そのとおりです」

「小泉晴夫は、どういう人物ですか？」

「中禅寺湖の北の丘陵地帯にある牧場の従業員です。事件当夜、現場付近へ差しかかった

とき、谷底のほうから炎が立ちのぼっているのを目撃し、自動車電話で警察へ通報した人物です。事故現場のガードレールが突き破られていたところから考えて、車が転落し谷底で炎上しているものとみて通報してきたんです」

「小泉晴夫が現場付近を通りかかったのは、何のためですか？」

「日光の市街地にある自宅へ帰る途中でした」

「実を言いますと、わたしは、念のためにと思って小泉晴夫に面会し、事情を聞いてみたんですよ。その結果、思いがけないことを聞かされましてね。わたし自身、ただ驚くばかりで……」

と湖山弁護人は、いかにも重々しげに気取った態度で前置きしてから、こう言った。

「小泉晴夫が言うには、転落地点に差しかかる前に、サイレンの音がしたそうです。覆面《ふくめん》パトカーのサイレンらしく、断続的に何回か響いたと言っています。そればかりか、樹木の間から、チカチカと赤色灯が点滅するのが垣間《かいま》見えたともいうんですよ。ところがですよ、日光警察署の記録には、このような事実は一切、記載されていないんです。どういうわけで、そういう奇妙なことになったのか、溝口さんはご存知ですか？」

「知りません。日光警察署から何も聞いておりませんから……」

「無理もないですよ。日光警察署が隠していたんですから……溝口さんとしては、このことをどう思いますか？」

「日光警察署が事実を隠していたとは信じられません」

「いや、隠していたんです。なぜ、秘匿《ひとく》したのか、その理由は明白です。その覆面パトカーは、出雲路史朗が運転するマイカーを追跡し、スピード違反で検挙するつもりだったんです。たぶん、出雲路史朗が急いでいるらしいのを察知し、後方から覆面パトカーで追いあげ、追跡中だったんです。こういう状況だと、出雲路史朗としては、かえってスピードを出し過ぎるってこともあるわけです。なぜなら、後ろから赤色灯を点滅させながら覆面パトカーが追ってくるんですから……サイレンの鳴らし方も悪質ですよ。停止を命ずるような、そうでないような曖昧《あいまい》な鳴らし方をして、出雲路史朗に不安感を抱かせ、ヘアピンカーブの多い道路上を追跡していたんです。そんなわけで急勾配《きゅうこうばい》でカーブもきつい『む』地点に差しかかったときには、すでにブレーキが利かなくなっていたこともあって、ガードレールを突き破り、転落したんですよ。溝口さんは、このことをどう考えておられますか？」

「わたしにとっては、まったく寝耳《ねみみ》に水です。弁護人の言われることが事実だったなら、出雲路史朗を転落死させた責任の一端は、遺憾《いかん》ながら覆面パトカーにあったという結論になってしまうんです」

「よく言ってくれました。まったく、そのとおりなんですよ。日光警察署としては、そのような事実が公になるとマスコミが煩《うるさ》く書きたて、幹部の責任問題にもなるので、ひた隠しにしていたんです。溝口さんとしても、この点には同意されますよね？」

「しかし、小泉晴夫が真実を話しているという証拠でもあるんですか？」

「小泉晴夫はですね、転落事故のあと、日光警察署で事情を聞かれていますが、そのさい、覆面パトカーのことを話したところ、『そんなはずはありません。誤認ですよ。覆面パトカーは出動していないんだから……』と交通課員に言われ、調書にも書いてくれなかったそうです。どう考えても、これは、事実を知っていながら、対外的な影響を考慮し、隠し通すつもりだったとみて間違いありません。日光の東照宮《とうしょうぐう》じゃないけど、『見猿《みざる》』『聞か猿《ざる》』『言《い》わ猿《ざる》』を決め込み、頬被《ほおかむ》りしてやり過ごすつもりでいるんですよ。溝口さんは正義感の強い人らしいから、こういうやり方には憤慨されるんじゃありませんか？」

「わたしとしては、何とも申しあげようがありません」

「それ、どういう意味ですか？」

「いずれにしましても、事実関係を確かめたうえでしか、お答えできない事柄ですよ」

「ぜひ、確かめてください。とにかく、出雲路史朗のマイカーのブレーキホースが細工されていたこともさりながら、覆面パトカーの無謀な追跡が被害者を転落死させた原因の一部をなしているのは、まず間違いのないところでしょう。何はともあれ、溝口さん自身をも含め、本件の捜査に関与した捜査官が、そもそもの事件の発端から、被告人の出雲路絢子に疑いの目を向け、夫殺しの犯人は彼女に違いないという偏見《へんけん》にとらわれ、状況証拠ばかりを積みあげたんです。それを根拠に被告人を虚偽の自白に追い込んだのが、まさに、この事件です。いいえ。警察から送致された本件に厳しいチェックもしないで、漫然《まんぜん》と起訴した捜査担当の鈴木検事の責任も重大です」

湖山弁護人は、意気揚々《いきようよう》として意見をぶちあげ、法壇の上の三人の裁判官に向かって、大見得《おおみえ》を切るかのように肩をそびやかした。

玉置裁判長は、深刻に眉根《まゆね》を寄せながら、考え込んでいる。

（こりゃ、たいへんなことになったなも）

予想もしない衝撃的な事態に直面して、赤かぶ検事は愕然《がくぜん》とした。

被告人席の出雲路絢子はとみると、小気味よさそうに優美な唇に薄笑いを浮かべながら、そんな赤かぶ検事を眺めていた。

7

法廷をあとにした赤かぶ検事が京都地検の執務室へ戻ると、ひと足先に裁判所を出た溝口警部が待っていた。

「検事さん。たいへんなことになりましたね。覆面パトカーが出雲路史朗のマイカーを追跡中だったなんて、ひと言も聞いていなかったんですから……まったく、怪《け》しからん話ですよ、日光警察署のやり口は……」

溝口警部は、赤かぶ検事の顔を見るなり、憤然として言う。

「いや、日光警察署が故意に事実を隠蔽《いんぺい》していたとは思えんのだがよぉ。これは何かの間違いだ。それはともかく、茶でも飲まんかね？」

「いただきますよ。干菓子《ひがし》でもあれば、なおのことといいんですがね」

溝口警部は笑った。

「あいにく干菓子は用意しておらんが、芋《いも》菓子ならあるでよぉ。茶巾《ちゃきん》絞りってやつだ。蒸したサツマイモを潰《つぶ》して味をつけ、茶巾に包んで絞り目をつけた菓子でよぉ。うちのかみさんの得意芸だ。今朝、出来たてのやつを事務官室に預けてあるんだわね。それでよければ、食ってもらうがよぉ」

「そりゃいいですね。頂戴《ちょうだい》します」

「それじゃ、届けてもらおう」

赤かぶ検事は、庁内電話の受話器をあげた。

「検事さん。いずれにしろ、日光警察署へ行ってみるつもりです」

溝口警部は言った。

「うむ。小泉晴夫に会い、事実を確かめることも必要だわね」

「わかっています。できれば、明日の朝一番の新幹線で京都を発《た》ちますよ」

「そうしてちょ。それから出雲路絢子の交遊関係を洗い直すことも必要だ。とりわけ、愛人とか、恋人とかの男関係をよぉ」

「そのほうは、行天燎子《ぎょうてんりょうこ》警部補のチームにやってもらいます」

「それがええだろう。何はともあれ、出雲路絢子の交遊関係を徹底的に洗えば、そのなかから共犯者が浮かびあがる可能性が大いにあるでよぉ」

「たぶんね。その関係の捜査は、以前からやってはいるんですが、有力な情報に行き当たらなくて……」

「一にも二にも根気だわね。諦《あきら》めたら最後、負けだでな」

「よくわかっています。それから、出雲路絢子が別荘の車庫のキーを複製した可能性がありますので、京都市内のキーサービスを片っ端から聞き込みにまわらせるつもりです」

「それも必要だろう。今日の法廷で、湖山弁護人が、いっぱしのことを言っておったよな。状況証拠の積み重ねで被告人を起訴したなんて……弁護人のなかには、捜査実務の経験もないのに、利《き》いたふうな口をきく手合いがおるもんだが、湖山彬も、そのくちだわね」

「そうですよ。彼は何もわかっていないんです。状況証拠を積み重ねるやり方が、なぜ非難されなければならないんですかね？」

「おみやぁさんの言うとおりだ。アメリカでは、容疑者の自白をとるより、状況証拠を綿密に収集し、その積み重ねによって有罪に持ち込むのが捜査の常道だでな」

「それは知りませんでしたよ。人権擁護にやかましいアメリカでも、やはり、そうなんですか？」

「これは驚いた。おみやぁさんのようなベテラン警部が、そんな考え方では困る」

「教えてくださいよ、検事さん。わたしは、アメリカの刑事司法については、ほとんど知らないんですよ」

「こういうことだ。アメリカでは、歴然《れきぜん》とした証拠があっても、容疑者は否認する。いや、それが当たり前のようになっておる」

「日本でも、近頃は、そういう容疑者が増えつつありますよ。ひと昔前なら、証拠を突きつけられたら、すんなりと自白したもんですがね。いまでは、そうもいきません」

「そうだろうがね？　日本の刑事裁判は自白偏重だと、よく言われる。被告人の自白がないと、裁判所は有罪判決を出し渋る。だからこそ、警察が無理をして容疑者に自白させようとする。その結果、勾留《こうりゅう》期限いっぱいまで容疑者の身柄を拘束し、それでも自白が得られなければ、さらに勾留を延長する。もちろん、その期間中、弁護人との接見は、極力、制限しようとする。もちろん、保釈は認められない。そんなわけで、人権侵害の可能性が高まるわけだ」

「おっしゃるとおりです。容疑者の人権を尊重するためには、自白を強《し》いてはならないわけですが、その一方で、裁判所は、自白がないと、なかなか有罪判決を出さない。結局、最後まで自白しないで頑張り通したやつが得をするなんて、妙なことになるんですよ」

「そこがアメリカと大きく違うところだ。容疑者の身柄を勾留しても、保釈金さえ積めば、容易に保釈してもらえる。もちろん、公判中も、原則として保釈が認められる。なぜ、これだけの大きな違いがあるのか、おみやぁさんならわかるだろう?」

「容疑者なり、被告人の自白をとる必要がないからでしょう?」

「そうだ。自白がなくても、犯行を立証するうえに充分な状況証拠が数多くあり、それらの積み重ねによって、有罪判決が勝ち取れる。もちろん、直接証拠があれば、それに越したことはないが、そういうケースは稀《まれ》だでな。近頃の犯罪者は、賢くなっているから、滅《めっ》多《た》なことでは証拠を残さない。犯行現場に容疑者の指紋が残っているなんてことは、およそ期待できないことだでな」

「日本でも同様ですよ、近頃はね」

「そのとおり。状況証拠を積み重ねるのがいけないなんて言うなら、ほとんどの犯人は野放しになるでよぉ。自分が殺《や》っておきながら、自白もしないし、現場に証拠も残さない。最近は、容疑者のほとんどが、こういう手合いだでな。もっとも、なるべく犯罪者を処罰しないほうが人権擁護のためにはプラスになるという考え方なら、話は別だがよぉ」

　皮肉のつもりで、赤かぶ検事は、そう言ったのだが、溝口警部は、真剣に受けとめたらしくて、

「人権擁護の筋道をはずさずに、適正かつ迅速《じんそく》に容疑者を検挙し、有罪に持ち込むのが刑事司法の正しい姿ですよ。今日も、湖山弁護人は得意満面の面持《おもも》ちで、自白をデッチ上げたとか、調書が信用できないとか、一人前の口をきいていましたが、あれだって、被告人の出雲路絢子の手前、点数を稼ぐためですよ。弁護料をもらっている以上、それに見合うだけの理屈を並べる必要がありますからね。ああいうのは、正義が何であるかを真面目に考えもしないで、正義という言葉だけを切り売りしているビジネスマンにすぎません」

「おみやぁさん。そりゃ、ちょっと言い過ぎではにゃあがね？　余りにも湖山弁護人に気の毒だ」

赤かぶ検事は、へらへら笑った。

ちょうど、このとき、煎茶《せんちゃ》と茶巾絞りが運ばれてきた。

「ほう。これは見事な茶巾絞りですね、検事さん。奥さまに、これだけの隠し芸があったとは知りませんでした」

溝口警部は、きれいに色付けされた茶巾絞りを眺めながら、舌なめずりをしている。

8

週明けに、溝口警部が出張先から赤かぶ検事に電話を入れ、経過を報告した。

「検事さん。やっぱり、現地へきてよかったですよ。小泉晴夫が言うところの覆面パトカーというのは、どうやら、偽装らしいんです」

「偽装とは？」

赤かぶ検事は、受話器を握りながら眉《まゆ》をあげた。

溝口警部は言った。

「つまり、偽物のパトカーだったんですよ。いや、確定的ではありませんが、十中八九まで、そのようです」

「おみやぁさん。そいつは、どえりやぁことではにやぁがね？」

「おっしゃるとおり、実に重大なことですよ。何者が偽装覆面パトカーを走らせやがったのか。まったく、奇怪きわまりない出来事です」

「詳しく話してみなよ」

「要するに、小泉晴夫の供述自体には、嘘《うそ》はなかったんです。彼は、見たまま、聞いたままを述べたのにすぎません」

「要するに、日光警察署では、覆面パトカーは出していない。こう言うんだなも？」

「おっしゃるとおりです。この点は、栃木県警本部にも確認しましたから、間違いありません」

「それじゃ、日光警察署が責任逃れのために、真実を秘匿《ひとく》していたんじゃないんだな？」

「そうなんです。実を言うと、わたしが提案したこともあって、日光警察署では、念のために小泉晴夫の協力を求め、同署で使用している覆面パトカーのサイレンの音を聞いてもらったんです。その結果、事件当夜、どうやら偽装覆面パトカーのサイレンの音を小泉晴夫が耳にしたらしいことがわかってきましてね」

「サイレンの音が違っておったわけか？」

「そうです。彼が言うには、サイレンの音が断続的に何回か響いたそうですが、日光警察署の覆面パトカーのサイレンの音とは、明らかに違っていたんです。何よりも、サイレンを鳴らすのは、最終的に違反車両に停車を命ずる場合に限るんですからね」

「なるほど。違反車両を追跡する過程では、決してサイレンを鳴らさない。こういうことかね？」

「そうです」

「それじゃ、赤色灯のほうは、どうなんだね？」

「小泉晴夫がですよ、『第一いろは坂』を下りるとき、樹木の間から見え隠れした赤色灯は、おそらく、車の屋根《ルーフ》にマグネットで密着させるタイプの赤いランプではなかったかと思われます。いや、小泉晴夫自身は、その偽装覆面パトカーの赤色灯そのものを見たわけじゃありません。チカチカと樹間に赤く点滅するのを目撃しただけですから……覆面パトカー自体も見てはいないんです」

「チカチカ点滅する赤色灯を樹木の間から垣間見《かいま》たもんだで、てっきり、本物の覆面パトカーだと思い込んだ。サイレンが何回か断続的に響いたことでもあるしよぉ。こういうわけかね？」

「そうです。日光警察署の話では、車の屋根《ルーフ》にくっつける赤色灯にしろ、サイレンにしろ、首都圏のドライブショップなんかでは簡単に手に入るそうですよ。とりわけ、アメリカ製のやつが安値で売られているとか……」

「うむ。そういうのを売ること自体は違法ではないからよぉ。それにしても、何者がやったのかは知らないが、考えやがったなも。犯人の狙《ねら》いは察《さっ》しがつくわね。出雲路史朗のマイカーをだよ、覆面パトカーを装《よそお》って追跡し、へアピンカーブに追い詰めて転落させようと謀《はか》りやがったんだ」

「それに間違いありませんよ、検事さん。おまけに、左前輪のブレーキホースが細工され、オイルが漏れるようになっていたんですから、なおのこと危険です」

「うむ。こういう手口でやられたら、十中八九まで、転落事故が起こるのは当然の成り行きだ」

「同感です。いったい、何者が偽装覆面パトカーを走らせたのか。何としてでも、これを突きとめなければなりません」

「そのとおりだが、難問ではあるよな。出雲路絢子自身か、それとも共犯者か。いまのところは決め手となる情報がないもんだでいかんわね」

「手がかりはあるんですよ、検事さん。出雲路絢子の交遊関係を根気よく洗い出せば、必ず、新たな容疑者が浮かびあがるはずです。どう考えても、この犯行は、彼女一人では無理ですからね」

「そうかもしれんが、その関係の捜査は進んでおるのかね?」

「いや、いまのところは思わしくありません。行天燎子警部補のチームは、腕利《うでき》きぞろいですから、必ずや決定的な情報を摑《つか》んでくるだろうと期待はしているんですがね」

「車庫のキーの複製の件は、どうなんだね?」

「そのほうも、並行してやってはいるんですが、同様に難航しています。しかし、ご心配には及びませんよ。近いうちに目星をつけてみせますから……」

「そうであってもらいたいよな」

赤かぶ検事は、祈るような思いで、その言葉を口にした。

第二章　奇跡の証人

1

次回公判には、弁護側の証人として佐久間正彦《さくままさひこ》、四十二歳が召喚《しょうかん》された。

まず、玉置《たまおき》裁判長は、佐久間正彦に対して人定質問《じんていしつもん》をおこなった。

人定質問とは、証人の氏名、住所、職業などについて質問し、人違いでないことを確認する手続きである。

それが終わると、佐久間正彦は、宣誓書を朗読した。

「良心に従って、ほんとうのことを申し上げます。知っていることをかくしたり、ないことを申し上げたりなど決していたしません。右のとおり誓います」

佐久間正彦は、緊張しているらしく、固い表情で朗読を終えた。

次いで、宣誓書の末尾に署名し、廷吏《ていり》が差し出した朱肉を使って、捺印《なついん》もした。

それを見とどけると、玉置裁判長は、佐久間証人を説諭《せつゆ》する。

「佐久間さん。いま宣誓したように、ほんとのことを述べてくださいね。もし、記憶に反した内容の証言をすると、偽証罪として処罰されることもありますから……」

「わかりました」

「では、そこの椅子《いす》に座って証言してください」

「失礼します」

佐久間正彦は、壇上に向かって一礼してから、証言台の前に置かれている椅子に腰を下ろした。

偽証罪が成立するか、どうかは、極めて微妙な問題である。

あからさまに嘘《うそ》の証言をすれば、これは、まぎれもなく偽証罪だ。

しかし、実際は記憶が曖昧《あいまい》なのに、それに気づかず、うっかりして断定的な言葉で証言した場合は、偽証罪の成立は困難である。

なぜなら、それが真実であると証人自身が確信して、そのとおりの証言をしたからだ。

その確信が勘違《かんちが》いによるもので、客観的事実に反することが、後日、判明したとしても、それは証人の責任ではないし、もちろん、処罰することはできない。

しかし、勘違いしたのか、それとも、ほんとのところは、曖昧な記憶しかないのに、いかにも確信ありげな口ぶりで証言したのか——前者なら偽証罪は成立せず、後者なら偽証罪に問われる――そのこと自体、証人でなければわからず、偽証したという証拠もない場合、やはり処罰できない。

そんなわけで、証言の信憑性《しんぴょうせい》は、その証人の良心の問題であると言っていいだろう。その意味を込めて、宣誓書には「……良心に従って……」と謳《うた》われているわけだ。

玉置裁判長は、弁護人席を眺めながら
「弁護人。では、主尋問をどうぞ」

と証人喚問の開始を促した。

「承知しました」

そう言って、弁護人の湖山彬《こやまあきら》は立ちあがると、証人席の佐久間正彦を見つめながら、

「最初に、弁護人からおたずねします。あなたは、中禅寺《ちゅうぜんじ》湖付近にあるホテルのアシスタント・マネージャーをしておられますね？」

「はい。二十二歳の頃から、ずっとホテルに勤めています」

「いずれも中禅寺湖畔のホテルですか？」

「はい。生まれたのが日光の市街地でして、大学時代は東京で学生生活を送りましたが、卒業後、実家へ戻り、奥日光の湯元《ゆもと》温泉に就職しました」

「いつ頃まで、湯元温泉のホテルに？」

「今年の三月末で退職し、別のホテルに再就職しています」

「別のホテルとは、どこですか？ ホテルの名称は言わなくて結構です。どのあたりのホテルかを証言してください」

「はい。中禅寺湖畔のリゾートホテルです。菖蒲《しょうぶ》ケ浜《はま》のすぐ近くでして……」

「そのホテルのアシスタント・マネージャーとして、再就職したわけですね。つまり、世間でいうところの引き抜きですか？」

「そうです」

「ところで、湯元温泉のホテルなり、菖蒲ケ浜近辺のリゾートホテルなりへの勤務は、言うまでもなく通勤ですね？」

「はい。マイカー通勤です」

「出勤するときは、上り専用の『第二いろは坂』を利用し、帰宅する場合は、『第一いろは坂』を下り、日光市街地の自宅へ戻る。こういうわけですか？」

「はい……」

「そうしますと、『いろは坂』というのは、あなたにとっては自分の家の庭のようなものですね？」

「そこまでは、ちょっと……やはり危険な道路ですから、それなりの注意はします。しかし、わたしにとっては、慣れ親しんだ自動車道路であるのは確かです」

「わかりました。では、別のことをうかがいます。あなたは、出雲路《いずもじ》史朗《しろう》という人物を知っておりましたか？」

「はい。たいへん、可愛がっていただきました」

「と言うと？」

「湯元温泉のホテルに勤めていた頃、しばしば、お見えになりましたので……そのたびに声をかけていただいたりしまして、贔屓《ひいき》にしてもらっておりました」

「その当時、あなたは、フロントの係だったんですね？」

「はじめのうちはフロントの係をしていましたが、一昨年の四月からは、レストランのマネージャーでした」

「出雲路史朗が京都に住んでいることは知っていましたか？」

「はい。京都で不動産会社を経営しておられることも聞いておりました」

「京都の不動産業者が、なぜ、しばしば湯元温泉のホテルに姿を見せるのか、そのへんの事情は知っておりましたか？」

「はい。中禅寺湖畔に別荘があり、そこにお泊まりになるときには、たいてい、湯元温泉のホテルにもお見えになるんです」

「そんなことから、知り合いになった？」

「そうです」

「いつ頃から、湯元温泉のホテルへ姿を見せるようになったのですか？」

「五年くらい前からだと思います」

「要するに、その別荘に逗留《とうりゅう》している期間中、しばしば、あなたの勤め先のホテルをたずねてきたんですね？　お客として……」

「はい。たいていは、レストランをご利用になっておられました」

「部屋を予約することは？」

「そうですね。ときおりはございました」

「同伴者がおりましたか？」

「たいてい、同伴の方がおられました。例えば奥さまとか……」

「あなたの言う奥さまの名前は知っておりますか？」

「絢子《あやこ》さまです」

「この法廷におりますか？」

「はい。そこに座っておられます」

と佐久間正彦は、被告人席を振り向く。

被告人の出雲路絢子と視線が合うと、佐久間正彦は、ちょっと面映《おもはゆ》げな顔をして会釈《えしゃく》した。

出雲路絢子のほうは、にこりともしないで視線をそらせる。

湖山弁護人は質問をつづけた。

「佐久間さん。いまのような事情だと、もし、出雲路史朗の顔を見れば、すぐにわかりますね？」

「もちろん、わかります」

「例えばですね。いま、この法廷に突如として出雲路史朗が姿を見せたとすれば、どうでしょう？　あくまでも仮定の問題としてたずねているんですがね」

「たぶん、見わけがつくと思います」

「もう一点、確認しておきますが……あなたは、出雲路史朗とプライベートな付き合いをしたことがありますか？　ホテルマンとして出雲路史朗と面識があるというだけではなくて……」

「ございます。ときおり、ゴルフに誘っていただきました」

「ゴルフにね。言うまでもなく、勤務時間外なんでしょうね」

「そうです。同業者の方々をゴルフ場へお招きになることがよくありましたので、そういう機会に、わたしもご一緒させていただいておりました」

「同業者をホテルへ連れてくることもあったんでしょうね？」

「ありました。レストランでお食事をご一緒されるときなんか……」

「出雲路史朗は、あなたの勤め先のホテルで食事をするだけではなく、宿泊をすることもあったわけでしょう？　質問が重複しますが、一応、確認しておきたいんです」

「頻繁《ひんぱん》ではありませんでしたが、ときとして、そういうこともございました」

「同伴者は、やはり妻でしたか？」

「奥さまのときもございましたし、そうでないときも……」

「それじゃ、妻以外の女性を連れて泊まることもありましたか？」

その質問に率直《そっちょく》に答えるには、抵抗感があるらしく、佐久間正彦は、一瞬、途惑《とまど》ったかに思えた。

それを見て、法壇の上から、玉置裁判長が注意した。

「証人に言っておきます。何ごとも包み隠さず証言すると宣誓したばかりですからね。それに、出雲路史朗は、もう、この世の人ではないわけですから、躊躇《ちゅうちょ》することはないと思いますが、どうですか？」

「はい。よくわかりました、裁判長。では、お答えいたします。ときおり、親しい女性を同伴してお泊まりになることがありました」

「特定の女性ですか？　つまり、いつも同じ女性だとか……」

「よく同伴される女性もおられましたし、一回きりしかお目にかからない女性もおられました」

「それらの女性の顔は、おぼえていますか？」

「さあ、どうでしょう。お客さまのプライベートな関係には深く立ち入らないのがホテルマンの常識ですから、わたしとしては、そういうことには、ほとんど関心を持ちませんでした」

「要するに、いま、それらの女性に出会ったとしても、見わけがつきにくい。こう考えていいんでしょうか？」

「おっしゃるとおりです」

「無理もないでしょうね。さて、前置きが少し長くなりましたが、ここらあたりで重要な事柄をおたずねします。出雲路史朗が『第一いろは坂』を走行中、転落死した事件については知っていますね？」

「知っております。テレビでも新聞でも報道していましたから……」

「そのニュースを見たり聞いたりしたとき、どういう気持ちがしましたか？」

「信じられない思いがしました。あんなに、やさしくて、俠気《おとこぎ》のある方がお亡くなりになったなんて……お気の毒でなりませんでした。それから、さぞかし奥さまが悲しんでおられるだろうと思うと、居《い》た堪《たま》れなくなって……」

「告別式に列席しましたか？」

「いいえ。そうしたい気持ちはありましたが、何しろ、京都でお葬式があると聞きましたので、休みがとれなくて諦《あきら》めました」

「ほんとに、休みがとれなかったんですか？」

「はい。実を申しますと、その事件をわたしが知ったのは、三月二十四日、勤め先から帰宅してテレビを見ていたときでした。事件は、その前日の夜だったそうですが、わたしが知ったのは、翌日の晩です」

「事件が起こった日を記憶しているのは、特別な理由でも？」

「事件が起こった日は、たまたま、近所に住んでいる妹の誕生日でしたから……家族全員が妹の家へ呼ばれ、身内同士でパーティを開いたりしておりましたし、その日は、いつもより早めに帰宅しておりましたので、事故の日をおぼえているんです」

「なるほど。先程、あなたは、三月末に湯元温泉のホテルを退職し、翌月から中禅寺湖畔のリゾートホテルのアシスタント・マネージャーとして再就職したと言いましたね？」

「はい」

「出雲路史朗が死亡したのは、三月二十三日ですから、あなたが新しいホテルに再就職した頃には、すでに出雲路史朗は死亡していた。こういうことになりますね？」

「おっしゃるとおりです」

「あなたは出雲路史朗に可愛がられていたと言いますが、その時期は、あなたが中禅寺湖畔の新しいホテルへ再就職する以前のことでしょう？　日数の経過から考えて、そうなりますよね……」

「そうです」

「だとすると、あなたが中禅寺湖畔の新しいホテルへ再就職してから以後は、出雲路史朗に会えるはずがない。これは当然のことですね？」

「そのとおりなんですが、実を言うと、わたしが中禅寺湖畔のリゾートホテルへ再就職して間もない頃に、出雲路史朗さまにお会いしたんですよ。実に不思議でなりません。亡くなられたお方にお目にかかるなんて……他人の空似《そらに》とよく言いますよね。ですから、出雲路史朗さまのそっくりさんだと思い込んでいたんです。それにしても、よく似たお方がおられるものだと、ほとほと感心いたしました」

「では、死んだはずの出雲路史朗、もしくは、その、そっくりさんに出会ったときの様子を話してください」

「はい。忘れもしません。あれは四月五日のことでした。なぜ、日をおぼえているかと言いますと、わたしが中禅寺湖畔のリゾートホテルに再就職してから、ちょうど五日目で、何とか仕事の要領がわかりはじめた頃だったからです」

「それで？」

「時刻は、午後五時半頃でした。その日の勤務が明け、ホテル前の散策路を通って、マイカーを預けている駐車場を目指して歩いているときでした」

「ちょっと待ってくださいよ。そのリゾートホテルには駐車場はないんですか？」

「もちろん、お客さま用の駐車場はございます。ですけど、ほとんど満車の状態でして、従業員の車を止める余地がなく、少し歩いたところにある従業員専用の駐車場にしか車を止めることができなかったのです。お客さまの車が少ないときは、ホテルに近いお客さま用の駐車場に止めることも差し支えないんですけど、そこが満車のときは、少し離れたところにある別の駐車場でなければ、従業員の車を止めることができません。それが決まりになっておりますので……」

「わかりました。当日の午後五時半頃、勤務が明けて、あなたが散策路を歩いていたとしましょう。その近辺は、菖蒲ケ浜ですね？」

「はい。ちょうどホテルのすぐ前なんです。白砂の美しい湖畔でして、季節ごとの花が咲きます。湖畔沿いにミズナラの林なんかがあり、渚《なぎさ》からは遊覧船も出ております」

「それで？」

「ふと見ると、出雲路史朗さまとそっくりの男性が散策路を歩いておられるのが見えました。先程も申しましたように、四月五日のことですから、中禅寺湖周辺は、夕方になると少し肌寒くなります。実際、その男性は、淡いブルーのスポーツシャツのうえから、濃紺のカーディガンを着ておられました。スラックスは、たぶんグレーだったと思いますが、この点は記憶違いかもしれません。とにかく、その男性を見たとき、ドキリとしたのをおぼえています」

「幽霊を見たような気がした。そう言うんですね？」

「おっしゃるとおりです。一瞬、体全体がこちこちに凍りついたような気分になり、すーっと血の気が引いていくような感じで……」

「声をかけなかったんですか？」

「声をかけようとしても、喉《のど》の奥に固いものが詰まったような気分で、声が出ないんです。そうこうするうちに、わたしの気持ちも落ち着いてきましたが、もはや、そのカップルとの距離も、遠くなってしまって……」

「カップル？　一人じゃなかったんですか？」

「はい。女性とご一緒でした」

「どういう感じの女性でしたか？」

「顔は、よくおぼえていません。ちらっと横顔を見ただけですから……わたしは、もっぱら、その男性のほうにばかり気を奪われていたんです」

「服装くらいはおぼえているでしょう？　その女性の……」

「たぶん、スーツを着ておられたのではないかと思うんですが、よくわかりません。派手な服装ではなく、どちらかと言えば、落ち着いたというか、シックな装《よそお》いをしておられたような気がします」

「ほかに特徴は？　例えば、横顔の印象なんかは、どうですか？」

「いや、そう言われましても……金縁の眼鏡をかけておられたような記憶があります」

「ほう。金縁の眼鏡ね。職業なんかの推定は？」

「わかりません」

「佐久間さん。職業柄、あなたは毎日のように、お客と顔を合わせていますね。要するに、いろんな人と出会うわけだから、ちらっと見ただけでも、どういう人物か、ある程度、見当がつくんじゃありませんか？」

「いいえ。必ずしも、そうとばかりは申せません。ただ、その女性の方は、たぶん、学校の先生とか、お医者さんや弁護士さんのような知的な職業に従事しておられる方だったのかもしれませんが、自信はありません」

「つまり、インテリふうに見えたということでしょうね？」

「はい、まあ……」

佐久間正彦の証言を聞いていた赤かぶ検事は、奇妙な気分に陥《おちい》った。

佐久間正彦の証言は、果たして、信用できるのだろうかという疑問もあったし、人違いの可能性も否定できない。

しかし、故意に虚偽《きょぎ》の証言をしているとは、一概《いちがい》に決めつけられない気もする。

佐久間正彦は、湖山弁護人が申請した証人である。

警察が聞き込み班を投入し、広範囲に及んで捜査網を広げているにもかかわらず、今日まで、佐久間正彦には行き当たらなかったのだ。

にもかかわらず、湖山弁護人は、どういうルートを通じて、佐久間正彦の存在を知ったのか。

このことも、赤かぶ検事にとっては、ぜひとも知りたいポイントの一つだった。

ところで、被告人の出雲路絢子はと見ると、死んだはずの夫が生存していたかもしれない可能性を示唆《しさ》する証言を聞かされ、愕然《がくぜん》とした様子だ。

顔面蒼白《そうはく》となり、唇には血の気がない。

佐久間正彦が、死んだはずの出雲路史朗のそっくりさんを目撃しただけなのか、それとも、殺したはずの出雲路史朗が生存しているらしいという衝撃的な出来事に直面し、動転《どうてん》しているのか。

何よりも、佐久間正彦の予期せぬ証言に直面し、赤かぶ検事自身も動揺していた。

弁護人の湖山彬は、引きつづいて、証人席の佐久間正彦を尋問した。

「佐久間さん。菖蒲ケ浜で目撃した男性のことですが、後日、よくよく考えてみて、やはり、人違いだったと思いますか？　それとも、あれは間違いなく出雲路史朗だったと確信することができますか？」

「むずかしい質問だと思います。実際のところ、わたし自身にも、よくわからないんです」

「その男性を目撃した場所ですが、菖蒲ケ浜と言いましたね。それならば、あなたの勤め先のリゾートホテルのすぐ近くですよね？」

「ですから、もしかすると、わたしがアシスタント・マネージャーをしておりますホテルに宿泊されていたのかもしれないと思いまして、翌日、念のために宿泊客名簿を調べてみたんです」

「その結果は？」

「出雲路史朗さまの名前で宿泊されたお客さまはおられませんでした。だからと言って、宿泊されなかったとばかりは言い切れません」

「なるほど。偽名で宿泊したかもしれないというんですね？」

「そうです。もしかすると、出雲路史朗さまは、わたしと顔を合わせるとまずいので、わざわざ菖蒲ケ浜のリゾートホテルにお泊まりになったかもしれないんです。もちろん、偽名で……なぜ、偽名をお使いになるのか、その理由はわかりませんけど……」

「つまり、こういうことでしょう？ 出雲路史朗としては、常連客でもある湯元温泉のホテルに泊まるほうが気楽なんだが、いまでも、あなたが同じホテルに勤めているに違いないので、わざわざ、そこを避け、かなり離れた菖蒲ケ浜付近のリゾートホテルに投宿した。出雲路史朗にしてみれば、まさか、転落事件以後に、あなたが職場を変え、菖蒲ケ浜付近のリゾートホテルに再就職しているとは知らなかったわけです。ところが、幸か不幸か、そのホテルのすぐ近くの菖蒲ケ浜で、あなたに目撃されてしまった。こういうことですよね？」

「はい。先程、わたしが申しあげたいと思ったのは、そのことなんです。わたしは、あの転落事件があって間もなく、以前に勤めていた湯元温泉のホテルから、菖蒲ケ浜付近のリゾートホテルへ職場を変えたわけですから……その間、出雲路史朗さまとは一度も会っておりませんので、わたしの転職のことはご存知ないはずです」

佐久間正彦は、落ち着き払った態度で証言していた。

2

弁護人の湖山彬は、佐久間正彦に対する主尋問を続行した。

「佐久間さん。その後、もう一度、出雲路史朗らしい男性を目撃しましたね？　しかも、その男性に声をかけたそうじゃありませんか？」

「そうなんです。忘れもしません、あれは、五月六日でした」

「今年の五月六日は、連休の最終日でしたね？」

「はい。今年の五月のゴールデンウィークは、三日、四日、五日、そして六日と四連休でした。その最終日に、これも偶然に、出雲路史朗さまとお会いしたんです」

「同伴者はおりましたか？」

「女性の方とご一緒でした」

「その女性ですがね。菖蒲ケ浜で目撃した女性と、同一人物でしょうか？」

「それがわからなくて……わたしは、出雲路史朗さまのほうにばかり気を奪われていましたので、同伴の女性の方は、よく見ていなかったんです」

「菖蒲ケ浜で目撃した同伴の女性は、金縁の眼鏡をかけていたと言いましたね？　二度目のときは、どうでしたか？　やはり、眼鏡を？」

「いや、眼鏡はかけておられなかったような気がするんですが、自信はありません」

「もしかすると、眼鏡をかけていたかもしれない。そういう意味に理解してよろしいですか？」

「はい……」

「ところで、あなたが出雲路史朗とおぼしき男性と連れの女性とを目撃した場所は、どのあたりでしたか？」

「霧降滝《きりふりのたき》でお見かけしたんです」

「時刻は？」

「正確な時刻は記憶していませんが、午前十一時頃ではなかったかと思います。いや、もう少し遅い時刻だったかも」

「いいでしょう。ひとまず、午前十一時頃としておきましょう。霧降滝というのは、どのあたりにあるんでしょう？」

「日光市街地から比較的、近いんです。付近一帯は、霧降《きりふり》高原と呼ばれ、初夏にはヤマツツジ、七月にはニッコウキスゲの大群落が見られるというので、最も人気のある観光スポットの一つです。その高原へ登る入口付近に霧降滝があり、豪快な滝として知られていまず」

「どれくらいの規模の滝ですか？」

「そうですね。全長八十数メートルはあるでしょうか。幅も二十メートルを超えます。日光三名瀑《めいばく》の一つですが、その変化に富んだ滝の流れ方で知られています」

「例えば、どういうことでしょうか？」

「滝口から一気に滝壺《たきつぼ》へ流れ落ちるのではなく、上部と下部とに段差があり、二段にわかれて流れるんです。急斜面の岩棚に砕け、霧のように飛沫《しぶき》をあげながら二筋にわかれて流れ落ちる景観は、豪放そのものです」

「そういう流れ方をする大きな滝なら、全貌《ぜんぼう》を見ることはできないんでしょう？」

「眼下に滝を見下ろす山の頂上に観瀑台《かんばくだい》が設けられ、そこからだと、ほぼ全容が視界に入ります。ただ、高所恐怖症の人は、ちょっと嫌がるでしょうけど……何だか、はるか下の滝壺のあたりへ吸い込まれ、転落していくような気分になるかもしれませんから……もっとも、柵《さく》が作ってありますので、実際には転落するおそれはないんですけどね」

「なるほど。高所恐怖症というのは、言うなれば、心理的なものですからね。たとえ柵が作ってあっても、そういう場所に立つと、気分が悪くなる人がいるのは確かです。さて、あなたが出雲路史朗とおぼしき男性と連れの女性を目撃したのは、その観瀑台ですか？」

「そこじゃないんです。観瀑台の付近から、険しい山道を下りた滝壺の前でした」

「滝壺まで下りることができるんですか？」

「できます。険しい山道ですが、往復四十分も歩けば充分です。滝壺のあたりから見あげる霧降滝の豪快さは、また格別でしょう。観光案内などには、滝壺へ下りるのは危険だからやめなさいなどと、知りもしないで書いている例がありますが、ああいうのは困ります。奥日光を心行くまで探勝《たんしょう》するには、せめて、それくらい歩かなくては……バスやマイカーだけでまわるのでは、意味がありませんからね。わたしも奥日光の観光事業にかかわりのある一人ですので、間違った知識を観光客に吹き込んでもらいたくないんですよ」

「しかし、危険だから滝壺へは行かないようにと書くのは、親切心から書いているのかもしれませんよね……もっとも、親切過剰《かじょう》とも言えるでしょうが……」

湖山弁護人は、ちょっと言葉を切り、ひと息入れてから、質問をつづける。

「本論に戻ります。あなたが滝壺の前で出会ったカップルのことを詳しくおたずねします。その前に、なぜ、その日、あなたが霧降滝へ出かけたのか、そのことをうかがっておきましょう」

「はい。四連休の最終日には、わたしも休みをとることができましたので、長男と妻、それから東京から遊びにきていた兄の次男を連れて、まる一日、奥日光の観光に出かけたんです」

「あなた自身は地元の人ですから、奥日光の観光なんて、さほど珍しくないんでしょう？」

「たまたま、東京の兄の次男が遊びにきていましたので、久しぶりに、四人でマイカーに乗り、ドライブ気分で観光に出かけたんです」

「東京の兄の次男と言いましたが、あなたの長男と同じくらいの年齢ですか？」

「そうです。二人とも中学一年生で、仲がいいんです」

「わかりました。そこで、四人そろって滝壺へ下りたさいに、そのカップルに出会ったんですね？」

「はい。滝壺を背景に、コンパクトカメラで記念写真を撮っているときに、お見かけしたんです」

「ちょっと待ってくださいよ。シャッターを切ったのは、誰ですか？」

「セルフタイマーで撮影していたんです。縮めるとバッグに入るくらいの携帯用小型三脚を立てましてね」

「なるほど。そういうとき、他人にシャッターを押してもらう人もいますが、それとは違うんですね？」

「あれは、二つの意味で賢明ではないんです。第一の理由は、こうです。コンパクトカメラと一口《ひとくち》に言っても、近頃は様々なタイプのカメラがあります。カメラ会社に勤める人から聞いたんですが、毎月、二種類ないし三種類のコンパクトカメラが新しく発売されるそうです。その仕様《しよう》も様々だとか……カメラというのは、使い慣れることが何より重要です。常日頃、使い慣れていないカメラのシャッターを押してもらえないかと、いきなり頼まれても、日常的に同じカメラを使っている人なら別として、そうでない場合、シャッターを押すときにカメラぶれを起こすんです。ひどいのになると、全然、写っていないこともあります。カメラのシャッターには、それぞれ微妙な特徴があり、シャッターを押した瞬間に手ぶれを起こし、ピントがぼけてしまいます。とにかく、シャッターを押しさえすれば、写真が写ると思い込んでいること自体が、ほんと言うと間違っているんだと、そのカメラ会社の人は言っていました。しかし、宣伝文句には、『シャッターを押すだけの全自動』などと謳《うた》ってあるので、素直にそのとおり思い込んでしまい、誰がシャッターを押しても同じだと単純に信じるのが間違いのもとです。わたしに言わせると、カメラ会社の宣伝の方法に反省の余地があると思います。何はともあれ、他人にシャッターを切ってもらうのは、その意味でも危険です。せっかく観光旅行に出かけ、記念写真を撮ったつもりなのに、ほとんど写っていないとか、写りが悪いとか、そんな結果になれば残念ですよね。例えば、逆光の場合、これこれの注意をしてくださいという程度の注意書きが使用説明書にあっても、その逆光というのが何であるのか、ここらあたりにも一般の人の誤解があります。太陽を背にしている場合だけが逆光ではないのです。例えば、雪山を背景にして記念写真を撮る場合、これは極端な逆光になります。真っ白な滝を背景にして写真を撮る場合も同様です。そういうことが、たとえ使用説明書に記してあっても、読みもしないとか、説明が不充分で理解しにくいとか、いろいろあって、失敗の原因になります。フラッシュを発光しても、コンパクトカメラの場合はフラッシュの光量が小さいので、カメラの位置までとどいていないわけです。パッと明るく発光するので、とどいているように見えるだけのことなんですよ。実際には、カメラに装塡《そうてん》されているフィルム面に、フラッシュ光が到達していないので、人の顔が黒く写ってしまいます。カメラに内蔵されているフラッシュが発光すると、被写体、つまり人の顔に当たり、それが反射してレンズを通り、フィルム面に到達することによって、初めて、美しい写真に仕上がるわけです。ところがフラッシュの光量が小さく、撮影距離が三メートルないし四メートル以上になると、フィルム面に到達するまでに減衰《げんすい》し、フラッシュを発光していないのと同じ結果になります。いや、これは失礼しました。ずいぶん余計なことを言ってしまいましたが、第二の理由を申しあげますと、他人にシャッターを押してもらうのは、その人に迷惑をかける場合もあるんです。これはモラルの問題でしょうね」

「よく知っておられますね。カメラのことを……」

「いいえ。たまたま、わたしの知人にカメラ会社の技術課に勤めている人がいるものですから、教えてもらっただけです」

「わかりました。それでは、本筋に戻りますが、セルフタイマーで四人が記念写真を撮っていた。そのとき、そのカップルに出会ったのですね？」

「と言うより、シャッターが切れ、撮影が終わった瞬間、ふと気づいたんです。そこに出雲路史朗さまが連れの女性と一緒に立っておられるのが……」

「立っていたと言うと？」

「つまり、こうなんですよ。わたしたちが滝壺を背景に写真を撮っていたもので、その前を横切っては悪いと思って、シャッターが切れるまで待っておられたんです。いかにも、あの方らしいですよ。他人の迷惑にならないようにお気遣いになるところがね。よくあるじゃないですか？　人が写真を撮っているときに、平気で前を横切ったりする人がね」

「確かに……ところで、そのカップルを見たとき、間違いなく出雲路史朗だと思いましたか？」

「もちろん、あれは出雲路史朗さまです。わたしは、菖蒲ケ浜付近でお目にかかったときのことを思い出したりして、不思議でなりませんでした」

「二度目だから、それほどショックではなかった。こういうことでしょうか？」

「そうかもしれません。わたしにしてみれば、出雲路史朗さまは、何かの事情があって、どこかに身を潜《ひそ》めておられるのではないかと、そのとき直感的に悟りました」

「そのとき、声をかけましたか？　出雲路史朗とおぼしき人物に……」

「こう言いました。『おや、出雲路さま。またお会いしましたね』と……」

「相手の男性は、どういう反応を示しましたか？」

「一瞬、ハッとされたようですが、すぐに気を取り直したように、『人違いですよ』と言ったなり、表情を強張《こわば》らせ、同伴の女性を誘って向こうのほうへ行ってしまわれました」

「確認しますが、佐久間さんが出雲路史朗の名を呼んだとき、その男性は、自分に声をかけているのが誰であるか、わかったんでしょうか？　いいえ。正確には、あなたであると認識し、慌《あわ》てふためくとか、そういう気配は？」

「わたしだってことが、おわかりになっていたみたいです。だから、そそくさと立ち去られたのでしょう」

「同伴の女性については、どうですか。以前に菖蒲ケ浜で出会った女性と同じ人物でしょうか？」

「それは、先程も申しましたように、わたしには確信がありません。眼鏡をかけていたか、どうかも含めましてね」

「わかりました。霧降滝の滝壺《たきつぼ》付近で見かけた同じ日に、もう一度、出会ったんじゃありませんか？　別の場所で……」

「そうなんです。一日に二度も出会うなんて不思議でなりませんでした」

佐久間正彦は、確信をこめて答えた。

被告人席の出雲路絢子は、血の気のない青白い顔をして、じっと証言に聞き入っている。

そればかりか、彼女は、まるで凍りついたように、こちこちに身を固くしていた。

3

弁護人の湖山彬は、証人席の佐久間正彦に対する尋問をつづけた。

「では、その日、別の場所で出雲路史朗とおぼしき人物に出会ったときのことをうかがいましょう。まず、その場所は、どこでしたか？」

「戦場《せんじょう》ケ原《はら》でした」

「なるほど。戦場ケ原も、やはり、奥日光では最も人気のある観光地の一つでしょうね。とりわけ連休の最終日ともなれば、ずいぶん混雑していたでしょう」

「はい。普通ならマイカーを止める場所はないんですが、わたしは地元の人間ですから、どこに車を止めればよいか知っていたんです。たぶん、出雲路史朗さまも、どこかに車を止めておられたのではないかと思います」

「どうして、わかるんですか？」

「単なる推測です」

「要するに、バスよりもむしろ車を使ったはずだと、あなたは見当をつけているんですね？」

「そうです。タクシーだったのかもしれませんが、わかりません」

「戦場ケ原のどのあたりで出会ったのですか？」

「展望台ですよ。あそこに立つと、戦場ケ原が一望の下に見渡せますから……」

「その時刻は？」

「これも正確ではないんですけど、たぶん、午後四時半頃ではなかったかと思います」

「ちょっとうかがいますが、霧降滝で出会ったのが午前十一時頃。さらに午後四時半頃に、今度は戦場ケ原で出会った。だとすると、どういうルートをたどって、霧降滝から戦場ケ原までやってきたのか、見当がつきますか？」

「そうですね。わたしたちと、ほぼ同じルートを通ってこられたのではないかという気もしますが、これも、まったくの推測です」

「では、あなたのたどったルートについて証言してください」

「わかりました。霧降滝の滝壺付近から、いったん霧降高原へ出て、そこに止めてあった車で、湖畔沿いにドライブして、竜頭滝《りゅうずのたき》まで行きました。その付近に車を置いて、あとはハイキングコースを歩いて戦場ケ原へ向かったんです」

「ハイキングコースがあるんですね？　戦場ケ原まで……」

「そうです。竜頭滝を目の前にした茶屋付近は、人でごった返していました。滝を見るより、人に揉《も》まれるために出かけたようなものですから、早々に引きあげ、ハイキングコースを歩いたんです。ここだと、それほど人も多くありません。景色もいいんです、こっちのほうが……渓流沿いのいくぶん険しい山道ですが、途中、様々な花が咲いていたり、さらに上流まで遡《さかのぼ》ると、そこにも豪快な飛沫《しぶき》をあげて滝壺に落下する清冽《せいれつ》な流れがあったりして、野趣に富んだハイキングコースです」

「あなたたち四人は、そのハイキングコースを歩いて、戦場ケ原へ？」

「とは言いましても、国道わきの展望台まで、ストレートに歩いたのではありません」

「と言いますと？」

「国道とは反対側の戦場ケ原自然研究路を歩きました」

「ちょっと待ってくださいよ。竜頭滝の上流から戦場ケ原の自然研究路へハイキングコースが通じているんですか？」

「はい。竜頭滝上から石楠花橋《しゃくなげばし》、赤沼分岐《ぶんき》を経由して、戦場ケ原を流れる湯川沿いに自然研究路を歩きました。青木橋を経由して、泉門池《いずみやどいけ》、そして田代橋から国道一二〇号線へ出ました。さらに国道沿いに南下して、戦場ケ原展望台まで足を延ばしたんです」

「その展望台で、例のカップルに出会ったんですね？」

「そうです。観光客で混み合ってはいましたが、その時刻になると、ホテルや旅館へ帰る人が増え、しばらく待っていると、記念写真をゆっくりと撮影できるようになりました」

「三脚を立て、セルフタイマーで記念写真を？」

「はい。このときは、写真を撮り終わり、三脚を折りたたんでいるとき、展望台の向こうの片隅に立って戦場ケ原の広大な風景に見惚《みと》れているカップルが目についたんです」

「それが出雲路史朗とおぼしき男性と連れの女性だった。こういうわけですか？」

「そうです。一瞬、わたしは、そのほうへカメラを向け、シャッターを切りました。近頃のコンパクトカメラは、シャッター音がほとんど聞こえないくらい静かに作動しますので、その二人は、まったく気づいていませんでした。ただ残念なことに、わたしがシャッターを切る直前に、そのカップルが動き出したんです。そのために映像がボケてしまいました」

「確認しますが、あなたが例のカップルにカメラを向けたのは、どういう意図によるものですか？」

「これという特別の意味はないんです。ただ、反射的にカメラを向け、シャッターを切っただけなんです」

「たまたま、そのとき、カメラを手にしていたからですね？」

「おっしゃるとおりです。だけど、フィルムを現像してみると、ぼんやりとボケたような横顔しか写っていませんでした」

「二人とも？」

「男性の顔がボケているうえ、女性の顔が陰になっていましたので、ほとんど写っていないんです。ただ、洋服の一部が写っていただけです」

「それ以後、出雲路史朗とおぼしき男性なり、連れの女性なりとは出会っていないんですね？」

「そうです」

「それにしてもですよ、一日のうちに、二回も出会ったというのも何だか運命的ではありませんか？」

「おっしゃるとおりです。同じ日に二回も偶然が重なるなんて、ヘンな気分です」

「もっとも、四連休の最終日であったことや、出会った現場が東京から気軽に行ける有名な観光地であったことなどを考え合わせると、わかるような気もしますが……」

と弁護人の湖山彬は呟《つぶや》きながら、一枚のサービス判の写真を手にして、証人席に歩み寄ると
「佐久間さん。あなたが戦場ケ原の展望台で撮影した写真というのは、これですね？」

そう言って、写真を証言台の上に置く。

佐久間正彦は、その写真に視線を落としながら、

「確かに、この写真です」

「先日、あなたは、わたしの事務所に電話をかけ、いま証言したような事柄を話してくれましたね。そのとき、映像がボケてはいるが、たまたま、そのカップルを撮影した写真があるとも言いましたよね？」

「はい」

「なぜ、わたしのところへ電話をしたのですか？」

「当初、警察へ行って、この話をしようかと思いましたが、女房が言うには、弁護士さんのところへ行ったほうがいいって……」

「それは、どういうわけで？」

「出雲路史朗さまを故意に転落死させたという疑いで奥さまが起訴されているわけだから、警察は取り合ってくれないかもしれない。それだけならまだしも、悪くすると、奥さまから頼まれて、証拠をデッチ上げたのではないかなどと疑われたら、それこそ、たいへんだって……と言うのは、もし、出雲路史朗さまが生存しておられたなら、奥さまが無実になり、警察や検察庁の黒星になるんじゃないかと……」

「なるほど。それで、わたしのところへ？」

「そうです。わたし自身としては、どちらでもよかったんです。警察でも、弁護士さんで

もね。だけど、女房が言うのにも一理あると思いまして、湖山先生のところへ電話をしたんです。事務所の所在地や電話番号は、裁判所で聞きました」

「そんなわけで、京都にあるわたしの事務所をたずねてくださったのですね？」

「はい。わたしとしては、やはり、真実を裁判所に知ってもらわなければならないと思ったからでもあります。そのためには、弁護士さんに会って写真を提供し、見聞した事柄をお話するほうがいいと……もちろん、女房のアドバイスによるわけですけど……」

佐久間正彦が答えたとき、思いがけない事態が起こった。

何だか鈍《にぶ》い物音が法廷に響いた。

ハッとして、そのほうを見ると、被告人の出雲路絢子が、くずおれるようにして床に蹲《うずくま》ってしまったのである。

彼女にしてみれば、よほどショッキングな出来事であったに違いない。

死んだはずの夫が生存していたという厳然たる事実に直面し、動揺のあまり、遂に彼女は失神した。

4

「驚いたなも。あないな切り札が弁護側にあったとはよぉ」

赤かぶ検事は、京都地検の執務室のデスクの前に座るなり、そう言って吐息《といき》を洩《も》らす。

赤かぶ検事と一緒に裁判所から引きあげてきた溝口警部も、来客用の椅子《いす》に腰を下ろし、ちょっと肩を落とすようにして
「われわれにとっては大変な衝撃ですよ、検事さん。いったい、これは、どう理解すればいいんでしょうね」

「わしにもわからん。このまま進めば、出雲路絢子は無罪になるでよぉ。もっとも、それが真実だというのなら、一向にかまわんがな」

「しかし、明らかにわれわれの黒星ですよ。残念でなりません」

溝口警部は唇を嚙《か》んだ。

だが、赤かぶ検事は、考え深げな顔をして、

「公平な裁判の結果、何が真実であったか、それが明らかになれば、われわれとしては満足せにゃぁならん。勝ったとか、負けたとか、そないなことは問題外だ。違うかね？」

「そりゃ、まあ、そうでしょうけど……佐久間正彦の証言は、果たして、信用できるんでしょうか？」

「そいつは何とも言えんわね。何しろ、被告人の出雲路絢子が気絶しちまったもんだで、法廷の審理が中断され、佐久間正彦に対する反対尋問ができなくなった。本来なら、湖山弁護人に引きつづいて、わしが佐久間正彦に反対尋問をおこなう段取りになっておったん

だがよぉ。肝腎《かんじん》の被告人が救急車で病院へ運び込まれたからには、審理をつづけるわけにはいかんわね」

「検事さん。それが弁護側の作戦だったのではないでしょうか？」

「それ、どういう意味だね？」

「つまり、湖山弁護人と被告人の出雲路絢子とが、あらかじめ通謀《つうぼう》し、さもショックを受けたかのように彼女が装《よそお》ったとか……」

「要するに、湖山弁護人と出雲路絢子とが共謀して、ひと芝居を打ったと……そういう疑いを抱いておるのかね？」

「まあね。証人の佐久間正彦にしても、怪しいもんですよ。考えてもみてください。最初は、菖蒲ケ浜の散策路で出雲路史朗を目撃したと証言しましたよね」

「うむ。四月五日夕刻のことだと言っておったよな」

「そればかりか、五月の連休の最終日に、二回も出会ったと言うんですよ。同じカップルにね」

「うむ。その男性が同伴しておった女性は、三回とも同一人だったのかどうか、それは別として、いつも女性を連れておったというのも、いささか気になるよな」

「気になるなんて、そんなんじゃありませんよ。たぶんフィクションでしょう」

「佐久間正彦が偽証しておるというのかね？」

「その可能性が多分にあります。話が出来すぎていますからね」

「その嫌いはあるが、端《はな》から疑ってかかるのは問題だ。疑う前に事実関係を調べあげにゃあならんわね」

「と言いますと？」

「言わずと知れたことだ。有能な捜査員を現地へ派遣し、佐久間正彦の人柄や交遊関係なんかを調べあげてみなよ。その結果、彼が信用のおける人物かどうか、わかってくるはずだ」

「わかりました。とりあえず、行天燎子《ぎょうてんりょうこ》警部補を現地へ出張させましょう」

「それがいいだろう。いずれにしろだよ、佐久間正彦が、三回に及んで出雲路史朗を目撃したと言うんだから、たぶん、人違いではないだろう」

「三回も人違いをするなんて、考えられませんからね。ただし、同伴の女性は、同一人か、どうか。これは別問題です」

「いや、佐久間正彦の証言を信用するとすれば、どうやら、同一人である可能性が濃厚だなも。女性の容貌《ようぼう》や服装は、よくおぼえていないと佐久間正彦は証言したが、目撃したときの状況などからして、同一人物と考えてよさそうだ。もっとも裏づけはないがよぉ」

「検事さん。これまでにも、出雲路史朗の女性関係を調べまわっているんですが、有力な情報が入っていないんです。しかし、今日の証言を踏まえ、もう一度、その点の聞き込み捜査をやらせます」

「そうだなも。最初から洗い直すことだ」

　そう言いながら、赤かぶ検事は、先程の法廷で弁護側から提出された例のサービス判の写真の複写をデスクの上に置くと
「おみゃぁさん。これを見なよ。戦場ケ原の展望台で撮影したそうだが、どう思う？」

「そうですね。背景には、広々とした原野が写っていますが、これが戦場ケ原なんでしょうね。とにかく、この写真をお借りして、行天燎子警部補に確認させますよ」

「そうしてちょ。この写真を撮影したのは、五月の連休の最終日だが、いまは夏だでな。戦場ケ原の景色も、多少は違っておるかもしれんが、現場へ出かけてみれば、何かつかめるだろうよ」

「そうです。デッチ上げの写真なら、どこかに、ちぐはぐなところがあるでしょうからね。それにしても、この写真では、肝腎の男性の容貌は、ほとんど特定できませんよ」

「うむ。横顔が写っているようだが、映像がブレておる。シャッターを切った瞬間、被写体が動くと、こんなふうになるもんだ」

「男性が着ているのは、たぶん、暗い色のスポーツシャツでしょう。オリーブ色じゃありませんか、これは……」

「そのようだ。一方、女性の服装は、淡いスカイブルーのワンピースだなも」

「ペパーミントグリーンという色ですよ。こういうのはね……菖蒲ケ浜で見かけた同伴の女性は、シックな装《よそお》いだったように思うと佐久間正彦が証言していましたが、どうでしょう？　同じ女性か、それとも別人か、この程度の情報では見当もつきませんよ」

「何はともあれ、佐久間証言が真実であるとすれば、出雲路史朗によく似た男性が、中禅寺湖畔にしばしば出現するってことになるんだろうな」

「しかも、女性同伴なんですから、これは聞き捨てなりません。まして、同じ女性だったのなら、なおさらのことです」

「確認しておくが、例の湖畔の別荘というのは、いま、どうなっておる？」

「わたしが聞いているところでは、空家だそうですよ。まだ処分はしていないとか……」

「それじゃ、出雲路絢子の所有名義のまま、残されておるわけだが、空家だとすれば、合《あい》鍵《かぎ》を所持しているとか、勝手を知った人物なら、密《ひそ》かに入り込み、寝起きすることもできるよな」

「そりゃ、できるでしょう。この点も、念のために、行天燎子警部補に調べさせましょう。一応、日光警察署でもマークしているはずですが、何しろ、殺人事件であることが明らかになってからは、われわれの専属管轄《かんかつ》になりましたから、先方としても、他府県の事件とみて、捜査に熱が入らないいんでしょう」

「うむ。無理もないかもしれんな。とにかく、近日中に行天燎子警部補に現地へ飛んでもらうことだ。一日も早くな」

赤かぶ検事は、そう言ったなり、腕を組み、考え込んでしまった。

5

奥日光の出張先から戻ってきた行天燎子警部補は、早速、赤かぶ検事の執務室に姿を見せた。

「どうだね？　現地の警察は、快く協力してくれたかね？」

赤かぶ検事は、行天燎子警部補の顔を見るなり、そう言った。

彼女は、明るい笑顔を見せながら、

「そのことならご心配には及びませんわ。少なくとも、わたしが感じたところでは、とても協力的でした」

「それならええんだが、ただ一つ、気になることがあってよぉ」

「と言いますと？」

「偽装覆面《ふくめん》パトカーがよぉ、出雲路史朗のマイカーを追い詰め、『第一いろは坂』の『む』地点から転落させた疑いが濃厚になったわけだが、これについて、現地の警察は、なぜ、もっと早く、われわれに通報してくれなかったのか。公判になり、湖山弁護人から指摘されるまで、われわれは、まったく知らなかったんだからな」

「同感です。溝口警部も、そのことを残念がっていましたわ」

「だから言っておるんだ。その点について、現地の警察から何の釈明もないというのは、納得できん。違うかね？」

「検事さん。それについて、日光警察署の交通課長は、こんなふうに言っていました。先方としては、偽装覆面パトカーの正体を一日も早く洗い出し、京都府警なり、京都地検なりへ連絡を入れるつもりでいたが、意外に捜査が手間取り、今日に至ったのは申しわけないと……ですから、先方としても気を遣《つか》ってくれてはいたんですのよ」

「そんな事情ならわからぬではない。ところでよぉ、偽装覆面パトカーの正体は判明したのかね？」

「いいえ。捜査は難航しているそうです」

「やはりな。そうなると、われわれとしては、独自の立場で捜査をつづけるよりほかないわね。それから、佐久間正彦の証言だがよぉ。出雲路史朗を前後三回に及んで目撃したというんだが、果たして、信用してよいか、どうか。それを裏づけるべく、おみやぁさんが奥日光へ出向いたわけだが、成果はどうだった？」

「ひと通りのことはやったつもりです。まず、四月五日の夕刻、出雲路史朗とおぼしき男性と連れの女性とが菖蒲ケ浜の遊歩道を歩いていたという点についてですが、確かに、遊歩道のようなものはあるんです。自然研究路として整備されたコースでして、菖蒲ケ浜から湖畔沿いに延びている散策路です。ミズナラの林などもあって、新緑や紅葉の季節には、観光客の姿がよく見られるそうです」

「それじゃ、四月五日の中禅寺湖畔は、どうだったんだろう？　まだ新緑のシーズンとまではいかなかったのと違うかね？」

「木々が芽吹きはじめる頃なので、夕方になると、多少とも肌寒い日もあるようですが、散策路には観光客の姿がちらほら見られるそうです」

「それでよぉ、出雲路史朗と連れの女性とが宿泊しておったホテルなんかは突きとめたかね？」

「全然、手がかりなしです。考えられるのは、ただ一つ。中禅寺湖畔にある出雲路絢子名義の別荘に滞在していたのかもしれませんわ。何かの方法で別荘のドアの施錠を解除するとかして……」

「別荘は依然として、売却されてはおらんのだな？」

「はい。何しろ、出雲路絢子が未決勾留中なので、転売するにも、思うにまかせないんでしょうね」

「それじゃ、当時のまま、放置されておるわけか？」

「そうです。いまも申しましたように、ドアの施錠をどうにかすれば、自由に出入りできる状態です」

「実際に、人が出入りしておった形跡があったかね？」

「それがわからなくて……」

「なぜだね？」

「別荘のまわりはミズナラの林に囲まれており、隣り近所の目があるわけではなく、もし、誰かが入り込んでいたとしても、気づかれずにすむでしょうね。もっとも、付近には会社の寮やリゾート施設がありますので、留守を預かっている管理人なんかをたずね歩いて、聞き込みをやってはみましたが、有力な情報には行き当たりませんでした」

「別荘のなかへ入ってみたかね？」

「はい。日光警察署の署長名義で裁判所から令状を発付してもらい、内部を調べました。日光警察署員にも立ち会ってもらいましてね」

「それでよぉ、人が暮らしておったか、どうか、見当はついたかね？」

「何とも言えません。家具調度品には、白いビニールシートがかけてありました。それを引《ひ》き剝《は》がしてはみたんですが、埃《ほこり》がたまっている様子はありません。そりゃそうですわよ。白いビニールシートで、すっぽり覆《おお》われているんですから、埃がつもるはずもありませんわね」

「キッチンなんかは、どうだね？」

「やはり、白いビニールシートの覆いがかけられていました。厨房《ちゅうぼう》器具を使ったのか、どうか、これも判然としません。使用したあとで、きれいに掃除をして、白いビニールシートで覆っておけば、わたしたちには判別がつきませんわね。床には厚い絨毯《じゅうたん》が敷き詰められていましたが、埃や汚れは、ほとんどありません。クリーナーで丹念《たんねん》に吸い取られたのかもしれませんけど……」

「電気の使用状況は、どうだね？」

「三月末日に、出雲路絢子の銀行口座から電気料金が引き落とされて以降、実際に電気が使用された形跡はないそうです」

「ガスは、どうだね？」

「プロパンガスを使用していますが、これだって、最近は一度も補充されていません」

「それじゃ、事件があってから今日まで、別荘が使用された形跡はないと考えてええわけか？」

「一応、それは言えるかもしれません」

「一応だって？……すると、例外があるというのかね？」

「例えば、電気については、メーターを作動させずに電気を使用する方法はありますわね。配線を細工《さいく》して、盗電すればすむことですもの」

「いまどき盗電なんて、実際にはできんだろう？」

「いいえ。電気工事の技術屋にきてもらって、調べてもらったところ、その気になれば簡単にできるそうです。本格的な住宅建築ではないので、配線が簡略化され、抜け穴がいくらでもあるそうです。とりわけ、出雲路史朗は、建築業者ですから、工事現場などで電気工作機械を使用するときなんか、一般家庭用の配電線にコードを接続し、電力を使用するのはお得意だとか……もちろん、そういう場合は盗電ではなく、電力会社と契約し、料金を払ってはいるんですけど、不法建築をやる業者なんかは、電力会社に無断で電気を使っているケースも皆無《かいむ》ではないそうです」

「それは言えるかもしれんな。それによぉ、別荘のなかに潜伏するつもりなら、電灯なんかなくても、明かりを採《と》る手段は、いくらもあるでな」

「そうですわよ。大型乾電池の電源にコードを接続し、明かりを灯せばいいんですから……自動車のバッテリーを電源にするという方法もありますしね。あの別荘の窓にしても、明かりが外部へ洩《も》れないように遮蔽《しゃへい》することだって簡単ですわ」

「なるほど。被告人の出雲路絢子の供述調書には、中禅寺湖畔の別荘の管理状況について、こういう記述がある。『出雲路が転落死してから以後、わたしの知る限り、別荘は使用されておりません。什器《じゅうき》備品などは、すべて白いビニールシートをかけ、埃がつもらないようにしてあります。ドアのキーは一個しかなく、主人が持っておりましたが、事故現場の焼け爛《ただ》れた残骸《ざんがい》のなかから見つけるのは困難でしたから、地元の鍵《かぎ》屋さんに頼んで取り替えていただきました。そのときに貰《もら》った二個のキーは、上賀茂《かみがも》の私宅に置いたままです。たぶん、わたしの部屋の小物入れに入っていると思います』。彼女は、調書のなかで、このように述べておるんだ」

そう言って、赤かぶ検事は、デスクの上に広げた調書から顔をあげると、行天燎子を見つめながら、

「その二個のキーだがよぉ、いまでも上賀茂の私宅にあるんだろうか？」

「そのことなら確認ずみです。わたしのチームの捜査員が出雲路邸を捜索したとき、それを見つけて押収しました。今回、現地へ向かうさいに、わたし、その二個のキーのうちの一個を持ち出して、別荘のドアを開けたんです」

「それじゃ、五月の連休の最終日によぉ、霧降滝で出雲路史朗と連れの女性とを目撃したとかいう証言の信憑性《しんぴょうせい》については、どうだね？」

「これについても、佐久間正彦らの一行がたどったコースを実際に、わたしが自分の目で確かめてみたんです」

「それで、どうだったね？」

「まず、霧降滝で問題のカップルを目撃したのは、当日の午前十一時。ここは、霧降滝の滝壺《たきつぼ》付近ですわね。そこから、いったん霧降高原へ出て、そこに止めてあったマイカーに乗り、竜頭滝まで走っています」

「うむ。竜頭滝付近に車を置いて、そこからハイキングコースを歩いたと言っておったなも」

「はい。ここで、ちょっと霧降高原のことをお話ししておきますが、いまのシーズンだと高原一帯にニッコウキスゲの大群落が見られ、それは、もう実に幻想的な光景でした。その名のとおり、わたしが行ったときにも薄く霧が立ち込め、そのなかに黄色いユリの花のようなニッコウキスゲが咲き誇っているのを見ると、思わず溜《た》め息《いき》が出たくらいです。でも、五月六日頃なら、ニッコウキスゲは咲いていません。あれは夏の花ですものね。霧降滝付近には、鮮やかな紅色のヤマツツジの大群落地があるんですけど、五月六日だと早過ぎます。実際のところ、佐久間正彦の証言のなかには、ヤマツツジのことには触れておりませんわね。それはそれでいいわけですが、竜頭滝に車を止め、ハイキングコースをたどったという点ですが、これについても、わたしが歩いてみたんです」

「どうだったね？」

「まず、竜頭滝の上流は滝上《たきがみ》と呼ばれているんですが、この付近は、五月になるとマゼンタの美しい色彩のミツバツツジが咲くんです。豪快な滝が怒濤《どとう》のように流れる岩場に、いまを盛りとばかりに咲き乱れるミツバツツジが新緑に映《は》えて、そりゃ、もう、すばらしい眺めだそうですわ。でも、今年は、開花が遅く、五月六日頃だと、ミツバツツジは一応、咲くには咲いていたでしょうけど、壮観と言えるほどの情景ではなかったろうと地元の人から聞きました」

「実際、佐久間正彦の証言では、そのことに言及しておらんよな」

「はい。佐久間証言によりますと、一行は、石楠花橋、赤沼分岐、さらに戦場ケ原の西側の自然研究路を通り、青木橋、泉門池を経由して国道一二〇号線へ出て、そこから三本松の戦場ケ原展望台までたどり着いたんです」

「その時刻は午後四時半頃だったと佐久間正彦は証言しておるが、実際のところは、どうなんだろう?」

「道草を食っていると、その時刻までに戦場ケ原展望台へ到着するのは、ちょっと無理なようですが、黙々と歩きつづけたなら、充分にたどり着けます。途中の行程の一部は、マイカーを利用していることでもありますから……」

「それじゃ、時間の経過から言えば、佐久間証言は、一応、筋が通っておる。こういうことかね?」

「そのとおりです。それにしても、わたし、今度の出張では、ずいぶん楽しい思いをさせていただきましたわ」

「そいつはよかった。道理で目が輝いておるはずだ」

「だって、この季節に戦場ケ原を歩くのがどんなに素晴らしいことか、身をもって体験しましたわ。自然研究路を歩いているだけでも、ニッコウアザミの赤紫色の可愛い花が咲き乱れ、ピンクのハクサンフウロなんかの紅色の花があちこちに見られたりして……こちらのほうは桜の花びらに似た可憐《かれん》な高山植物なんです」

「おみやぁさんよぉ。そんな話をされると羨《うらや》ましくてならんわね。わしだって、そういうところを歩くのは大好きだときておるから、話を聞いておるだけでも、うずうずしてくる」

「あら、失礼しました。いずれにしても、佐久間正彦らの一行が戦場ケ原を歩いたときには、季節から考えて、萌《も》えるような新緑のなかに真っ白なズミの花がちらほら咲きはじめていたでしょうね。ワタスゲは、いくぶん早いでしょうけど……」

「ワタスゲというのはよぉ、ふんわりと柔らかなネギ坊主みたいなのが茎《くき》の先にくっついておる高山植物ではにゃあがね？　わしは、信州におったとき、あれを見て、何を連想したと思う？　耳かきの頭についておるボンボラチンを想像したわね」

「耳かきですって？　いかにも検事さんらしい思いつきですわね。そのうえ、ボンボラチンなんていう新造語のおまけつきなんですから感心しますわ」

行天燎子は、吹き出した。

「冗談はさておき、佐久間正彦が戦場ケ原の展望台で撮影した写真の真偽だがよぉ。ここに、その写真があるんだが、間違いなく展望台で撮影したと言えるかね？」

そう言いながら、赤かぶ検事は、例の写真をデスクの上に置く。

行天燎子は頷《うなず》き返しながら
「その写真をカラーで複写して現地へ持ち込み、確認したんですが……写真の背景から判断する限り、現場で撮影したものと考えてよさそうです。もっとも、背景になっている広々とした原野は、写真では、いまと少し違って、鮮やかな新緑に萌え立っていますわね」

「問題のカップルのすぐ後ろに展望台の柵《さく》のようなものが写っておるなも。これはどうだね？」

「間違いなく、こういう柵で囲ってありましたわ。ですから、現場で写したのは間違いないと思うんです」

「なるほど。問題は、肝腎《かんじん》の人物だなも」

「そうなんです。佐久間正彦の証言によれば、出雲路史朗と連れの女性に向けてシャッターを切ったと言うんですが、何しろ映像がボケていますから、誰が写っているのか判別がつきません」

「シャッターを切る直前に、そのカップルが動き出したもんだで、映像がボケた。そう言っておるんだが、疑えばキリがないよな。出雲路史朗らしき人物を替《か》え玉《だま》に仕立てあげ、どこかの女性とペアを組ませて、わざと映像をぼやかして撮影した写真かもしれないんだから……」

「同感ですわ。もっとも、そこまでしたからには、佐久間正彦としても、かなり今回の事件に深入りしているからでしょうね。例えば、弁護人の湖山彬に頼まれるとかして……」

「それじゃ、湖山弁護人が証拠をデッチ上げ、佐久間正彦に偽証させた。こういうことになるがよぉ」

「ここだけでの話ですけど、その可能性を全面的に否定するのは、どうかと思いますわ」

「ほう。ひょっとしたらと、そう思っておるのかね？」

「正直言って、そのとおりなんです」

「何か根拠でもあるのかね？」

「これは、溝口警部のチームが聞き込んできた情報ですが、湖山弁護人と被告人の出雲路絢子とは、男と女の関係でつながっているらしいんですのよ」

「それ、ほんとかね？」

　赤かぶ検事は目を剝《む》いた。

　行天燎子は、頷き返しながら
「聞くところによりますと、二人の関係は、出雲路史朗が健在であった頃から、ずっとつづいていたらしいんです」

「かなり親密な間柄なんだろうか？　例えば、愛人関係とかよぉ」

「そこまでは確認がとれていません」

と言って、行天燎子は、ちらっと腕時計に視線を落として、

「間もなく、溝口警部が検事さんをたずねてここへ報告にくる予定になっているんです。その後の捜査で、いくつかの事柄が判明しておりますので……」

「ほう。そりゃ、待ち遠しい」

赤かぶ検事が執務室の壁時計に視線を投げると、午後三時前だった。

赤かぶ検事は、行天燎子に向き直り、

「そりゃそうと、戦場ケ原なんて地名がついたのは、どういうわけだろう? 天下わけ目の関ケ原でもあるまいによぉ。それとも、そこを舞台に戦《いくさ》でもあったのかね?」

「さすが検事さんですわ。ご名答です」

そう言いながらも、彼女は、にっこりと微笑《ほほえ》む。

どうやら、冗談のつもりらしいが、赤かぶ検事にはよくわからない。

「話してちょうよ。戦場ケ原の由来《ゆらい》をよぉ」

「こういうことらしいんです。日光警察署の交通課長から聞いたんですけど、その昔、戦場ケ原をめぐって、男体山《なんたいさん》の神さまと赤城山《あかぎさん》の神さまとが、激しい争奪戦を繰り広げたんです」

「神話かね?」

「神話というより、伝説でしょうね。男体山の神は大蛇に変身し、赤城山の神は大百足《おおむかで》に

化身《けしん》して戦いました。その結果、男体山の神が負けそうになり、大百足に化けた赤城山の神に中禅寺湖を奪い取られそうになったんです」

「そいつは大変だ。男体山と言えば、中禅寺湖北岸にそびえる日光連山の主峰だでな。そこに棲《す》む神が中禅寺湖を奪われたんでは、面子《メンツ》が立たない。違うかね？　もっとも、危機《きき》一髪《いっぱつ》というときに、どこからか腕っぷしの強い助太刀《すけだち》があらわれるもんだがよぉ。伝説なんてものは、たいてい、そういう仕掛けになっておる」

「またまたご名答です。猿丸《さるまる》と称する弓の名手が助《すけ》っ人《と》としてあらわれたんです。いざ最後の決戦というときになって、猿丸の射た矢が、赤城山の神の化身である大百足の右の目に命中し、一挙に勝負が決まりました」

「その決戦の場所が戦場ケ原というわけだなも」

「決戦がおこなわれたのは戦場ケ原ですが、勝負が決まった場所が菖蒲ケ浜でした。そして、右目を射られた大百足の血が溜《た》まり、池ができたんですが、それが赤沼だそうです」

「語呂合《ごろあ》わせだなも。わしが思うに、男体山の神と赤城山の神が争ったというのは、たぶん、領地をめぐって、古代の豪族が互いに血で血を洗う争奪戦をやらかしたんだろう。そういうのが神話になり、伝説化することがよくある」

　赤かぶ検事が、そう言ったとき、ドアをノックする音がして、溝口警部があらわれた。

「おみやぁさんかね。待っておったんだ。いま、行天燎子警部補から聞いたことだが、弁護人の湖山彬と被告人の出雲路絢子とは、いい仲なんだそうだなも」

「そのとおりですが、ほかにも有力な情報が入りましてね。生前に出雲路史朗の愛人だった女性を突きとめたんです」

そう言いながら、溝口警部はポケットから捜査ノートを取り出し、頁《ページ》を繰った。

赤かぶ検事は、期待の眼《まなこ》で溝口警部を見つめている。

行天燎子警部補も、まだ、溝口警部からは詳しい状況説明を聞いていないらしく、すらりとした脚を組み、上司が口を開くのを待っていた。

6

溝口警部は、捜査ノートから顔をあげると、赤かぶ検事や行天燎子警部補を前にして、こう言った。

「生前の出雲路史朗と愛人関係にあった女性は、甘樫淳子《あまかしじゅんこ》と言いまして、当年三十四歳です。甘檑なんて、ちょっと難しい姓ですよね」

「奈良の明日香村《あすかむら》に、甘樫丘《あまかしのおか》なんてのがあるよな。古代史に登場する蘇我蝦夷《そがのえみし》と息子の入鹿《いるか》の邸宅があった場所だとも言われておる。ひょっとしたら、その女性は奈良の出身ではにゃぁがね？　いや、冗談ではない。地名と人の姓とが、しばしば連動することがあるでよぉ」

と呟《つぶや》きながら、赤かぶ検事は、溝口警部の捜査ノートを覗《のぞ》き込み、そこに甘橿淳子と書かれているのを見て
「なるほど。そういう字を書くのかね。出身地は、鳥取とあるなも」

「そうです。『出雲路建設』と過去に取引関係のあった企業を片《かた》っ端《ぱし》から聞き込みにまわっているうちに、甘橿淳子に行き当たったんですよ」

「ほう。忍耐と努力の賜物とでもいうか……、やっと見つけ出した貴重な情報だなも」

「そうなんです。京都市に隣接する長岡京《ながおかきよう》市に『さくら住宅』という小規模の不動産会社がありましてね。彼女は、その会社の営業課長でした」

「キャリアウーマンというわけかね？」

「何しろ、宅地建物取引主任者の資格があるというんですから、ちょっとしたビジネスウーマンですよ」

「なるほど。それで、どうだと言うんだね？」

「甘橿淳子の勤め先の企業は、昨年夏に資金繰りが苦しくなり、倒産しています」

「それじゃ、彼女は失業したわけか？　気の毒によぉ」

「出雲路史朗と深い仲になった経緯は、こういうことなんです。当初、商売上の付き合いで、出雲路史朗が彼女を食事やゴルフツアーに誘ったりしていたんです。そのうち、だん

だん二人の間柄が親密になり、マンションを買ってもらったりして、まったくの愛人関係に発展したわけです」

「いつ頃のことだね？　そういう間柄になったのはよぉ」

「長岡京市の会社が倒産する一年も前から、そういう関係がつづいていたらしいですよ」

「そのマンションは、どこにあるんだね？」

「やはり、長岡京市です。あの界隈《かいわい》は、土地開発が進み、京阪神方面のベッドタウンの一つになっています」

「すると、倒産後も、当然に、従来どおり関係がつづいていた。こういうことだろうか？」

「おっしゃるとおりです」

「現在、彼女は、どうしておる？　相変わらず、そのマンションで暮らしておるのかね？」

「いや、そうじゃないんです。その情報を入手したときには、すでに遅く、彼女の行くえがわからなくなっていたんです」

「失踪《しっそう》したのか？」

「そのようです。マンションも売却されていました」

「それじゃ、彼女はよぉ、マンションを売却し、その金を持って、どこかへ雲隠《くもがく》れしたと……」

「そのようですが、裏づけはとれていません」

「いつ頃から姿を消したんだろう？」

「二月末です。その直前に、マンションを売却しているんですよ」

「譲受人に聞いたら、何かわかるのではにゃぁがね？」

「いいえ。全然、知りません。譲受人は、大阪の薬品会社に勤めるサラリーマンですが、甘樫淳子に会ったこともないと言うんです」

「それじゃ、売主に会わずに、仲介業者を通じてマンションを買ったのかね？」

「そうです。仲介役を引き受けたのが彼女の知り合いの不動産業者でしてね。やはり、長岡京市にオフィスがありますが、規模は小さく、五、六人のスタッフで運営している企業です」

「すると、その後の彼女の消息は、まったくわからないわけか？」

「残念ながら、消息不明です。実家が鳥取市郊外にあることがわかりましたので、そこへも捜査員を派遣しましたが、頼りない話ばかりでしてね」

「と言うと？」

「実家は農家でして、長兄が当主として農業を営んでいますが、三女である甘樫淳子とは反《そ》りが合わないらしく、今年の正月にも彼女は帰郷しなかったそうです。ただ、二月の上旬頃に、一度、電話をかけてきて、こんなことを言っていたそうです。このさい、東京で事業を起すとか……」

「それ、どういう意味だね？」

「東京へ出て独立するという意味のようです。少なくとも長兄は、そのように受けとめていますよ」

「実際に、東京へ出たんだろうか？」

「わかりません。その電話を最後に、まったく消息がないと長兄は言っています」

「マンションを売却し、行くえが知れなくなったのは、二月末だと言ったなも。そのとき以来、まったく行くえがわからない。この点は確かなんだろうな？」

「間違いありません。何はともあれ、二月末という時期が気になりますよね」

「同感だ。『いろは坂』の転落事件が起こったのは、それから約一か月後の三月二十三日だでな。そのことを思えば、彼女が姿を消したことと関連性があるのかもしれん」

「検事さん。佐久間正彦が目撃したという出雲路史朗の連れの女性ですがね。もしかすると、甘糟淳子ではなかったかという気がしないでもないんです」

「わしも、いま、そのことを考えておったんだが……そうだ。甘糟淳子とやらの写真があれば、役に立つんだがよぉ？」

「写真なら、ここにありますよ」

と言いながら、溝口警部は、捜査ノートに挟《はさ》んであったキャビネサイズの写真を取り出し、赤かぶ検事のデスクの上に置く。

行天燎子警部補は、すでに、その写真を見ていたらしく、ちらっと視線を投げやっただけで、赤かぶ検事の言葉を待っていた。

「この写真は、どのようにして手に入れたんだね？」

赤かぶ検事は、キャビネサイズの写真を手に取り、ためつすがめつ眺めている。

溝口警部は言った。

「『さくら住宅』の従業員がコンパクトカメラで撮影したんです。もともとサービス判のカラー写真でしたが、こちらのほうでカラーコピー機にかけ、キャビネサイズに拡大したんですよ」

「うむ。この写真は、海水浴場で撮影したもののようだなも。彼女は水着を着ておるでよぉ」

「一昨年の夏、会社の慰安旅行で天《あま》の橋立《はしだて》へ海水浴に出かけたときの写真なんだそうですよ。これ一枚しか手に入らなくて……」

「それにしても、なかなかチャーミングな女性ではにゃぁがね？」

「そうでしょう。水着を着てカメラの前に立ち、全身を写させるくらいですから、プロポーションには自信があるんでしょうよ」

「そのようだなも。これなら水着ショーのモデルになっても不思議はないわね」

「まあ。そんなに魅力的な女性かしら？……もう一度、わたしに見せてくださらない？」

と行天燎子が傍から身を乗り出してくる。

「ええとも。重要参考人なんだから、穴の開くほど見つめてちょうよ。女性同士のことだから、甘糟淳子も鼻高々だろうよ」

赤かぶ検事は笑った。

行天燎子は、清潔な白い歯並みを覗かせながら、じっと写真を見つめていたが、やがて口を開くと
「ちょっと太り気味ですわね。水着ショーのモデルには無理じゃないかしら？」

などとお茶にしている。

赤かぶ検事は、ほどほどに口裏を合わせるつもりで、

「そりゃ、まあ、おみやぁさんにはかなわんだろう。そういう意味でなら、甘糟淳子は、水着ショーのモデルとしては見劣りがするわね。それはさておき、この写真を佐久間正彦に見せ、果たして、出雲路史朗の連れの女性に似ているか、どうか、確認をとらにやぁならんよな」

「そのことなら、もうすませましたよ。検事さん」

と溝口警部は、ちょっと気負ったような態度で言葉をつづける。

「その写真を入手したとき、すでに行天燎子警部補が奥日光方面へ出張中でしたので、別の捜査員に写真を持たせ、現地へ行かせたんです。そして佐久間正彦に、この写真を見せ、確認を求めたんですよ。行天燎子警部補も、その現場に立ち会っていますので、彼女から報告してもらいましょう」

「わかりました」

と行天燎子警部補は、記憶をたどるような表情を見せながら、

「結論から申しますと、こういうことなんです、検事さん。ここにある写真は、水着姿であるうえ、全身が写っていますので、比較できないと佐久間正彦は言うんです」

「うむ。佐久間正彦が戦場ケ原で写した写真にしても、映像がボケておるでよぉ。とにかく、彼、女性のほうは、よく見ていなかったというんだから、いまさら、水着姿の写真を目の前に置かれたところで、自信を持って返事ができないかもしれんな」

「そうなんです。佐久間正彦が言うことにも一理あると思いますわ。もっぱら、彼の関心は、出雲路史朗にあったわけですから……出雲路史朗は、『いろは坂』のヘアピンカーブで運転を誤り、転落死したはずなのに、まさに、その人物を佐久間正彦が目撃したんですから、彼の気持ちは大きく動揺していたはずです。いいえ。正確には、間違いなく出雲路史朗らしき男性を目撃したというだけなんですけど、佐久間正彦にしてみれば、出雲路史朗だと思い込んだわけですから、幽霊に出会ったような衝撃を受け、一瞬、茫然《ぼうぜん》としたで

しょう。とてもじゃないが、女性のほうにまで関心は及ばなかったはずです。しかも彼は三回に及んで出雲路史朗を目撃したというんですもの。ただごとじゃありませんわね、彼にしてみれば……」

「それじゃ、印象としては、どうなんだろう？　この水着姿の女性のようなタイプだったのか、どうか、そこらあたりのことを聞いてみたかね？」

「聞きました。印象としては、やはり違うんじゃないかと……しかし、自信はありませんとも答えています」

「なるほど。おみやぁさんたちの献身的な捜査の甲斐《かい》もなく、またもや振出《ふりだ》しに戻ったわけだ。遺憾《いかん》ながら、これは認めざるを得んだろう」

赤かぶ検事は、二人の捜査官の顔を眺めながら、吐息《といき》をもらす。

しばらくの間、重苦しい沈黙が降りた。

やがて、行天燎子警部補が思案《しあん》深げな顔をして言った。

「検事さん。結局のところ、佐久間証言を信用してよいか、どうかの問題は、彼の人柄にかかっていると思うんです。湖山弁護人もしくは被告人の出雲路絢子から依頼を受け、死んだはずの出雲路史朗が、あたかも生存しているかのように偽証し、無罪判決を勝ち取るべく協力したのか。それとも、ありのままを正直に証言しているのか。このことを判断するうえに、やはり、彼の人柄が重要なポイントになりますわ」

「それは言えるだろう。佐久間正彦は、日光の市街地に生まれ、そこで育った地元の人間だでな。金に目が眩《くら》んで偽証するような人物か、そうでないか、彼の周辺を根気よく聞き込みにまわれば、ある程度の見当がつくだろう」

「そう思って、わたし、できる限り、情報を集めてみました。例えば、三月末まで彼は湯元温泉のホテルに勤めていましたわね。そこへも出かけて支配人や従業員から、いろいろ聞いてみましたが、驚いたことに、彼のことを悪く言う人は一人もいないんです。そりゃ、一、二の人は、彼のホテルマンとしての才能に嫉妬《しっと》しているのか、彼自身が耳にすれば、不愉快に思うようなことを口にはしましたが、わたしには見え見えでしたわ。やっかみもいいところだってことがね」

「ずいぶん熱心にあちこち駆けまわったようだなも」

「そりゃもう……佐久間正彦が菖蒲ケ浜付近のリゾートホテルへ職場を変えたことにしても、彼の人柄と能力が買われ、引き抜かれたんです。それについて、元の勤め先の湯元温泉の支配人が、こう言っていました。『あれだけの男だから、引き抜きがあってもおかしくないでしょう。当方としては残念なことですが、彼の将来を思えば、大手のリゾートホテルへ転職したほうが望ましいんです。もっとも、これは、わたし個人の意見ですがね』なんて……」

「なかなか評判のええホテルマンだなも」

「はい。リゾートホテルの総支配人にも会い、彼のことを聞いてみましたが、同じような返事でした。そのリゾートホテルは、東京に本社のある大手なので、いずれは佐久間正彦も都心のホテルへ転属させ、一流のホテルマンとして技術を磨《みが》いてもらえるものと期待していると言っていましたわ」

「なるほど。佐久間正彦自身にしてみても、自分の将来に希望を持っておるんだろう。そんな男がだよ、金に目が眩んで偽証するとは思えん。違うかね？」

「同感ですわ、検事さん」

行天燎子は顎《あご》を引いて頷《うなず》くが、溝口警部のほうは、どういうわけか、腕を組み、沈思黙考《ちんしもっこう》している様子だ。

「検事さん。法廷で失神した出雲路絢子は、大事には至らなかったわけでしょう？」

行天燎子は、スカートの下で脚を組み換え、ちょっとリラックスした態度でたずねた。

「どうってことはなかったんだ。ほんの一瞬、気が遠のいただけでよぉ。救急車で病院へ運ばれる途中、すっかり元気を取り戻し、けろりとしておったなんて拘置所《こうちしょ》の刑務官から報告があったわね」

「まあ。呆《あき》れ返った話ですわね。もしかすると、あれは演技だったのかもしれませんわ」

「さあ、どんなものかな。もし、あれが芝居だったなら、なかなかの名演技だわね。女優にでもなれば成功したろうによぉ。名女優なんてのは、悲しくなくても涙が浮かんでくるそうだから……それを思えば、失神してみせるなんてのは、朝飯前だろうよ」

「でも、出雲路絢子は、女優ではなかったんです。普通の家庭のお嬢さんだったそうですわ」

「いずれにしろ、彼女が芝居をしたのなら、なぜ、そうしなければならなかったのか。それが問題だ」

「わたしも、いま、そのことを考えていたんですよ」

と、溝口警部が割り込んだ。

赤かぶ検事は、溝口警部を眺めやって、

「すると、おみやぁさんは、彼女が法廷という舞台のうえで、ひと芝居打ったと考えておるんだなも」

「まあね。彼女はですね、佐久間正彦が偽証しているってことを知っていたんでしょう。だから芝居をする必要があったんです」

「つまり、こういうことかね？　夫が『いろは坂』のヘアピンカーブで事故を起こし、転落死したものと信じ込んでいたのに、実のところは、そうではなく、生存している可能性があると聞いて、強いショックを受け、気を失った。と、まあ、そのように見せかけるために、裁判官たちの面前で芝居を打った？　ショックのあまり気を失ったと思わせておくほうが、無罪を勝ち取るうえにも好都合だと考えた。これが、溝口警部の推理ではにゃぁがね？」

「そうです。考えてもみてくださいよ、検事さん。死んだはずの夫が生存していると聞いただけで失神するなんて、おかしいんじゃありませんか？」

「大げさ過ぎると、そういうんだなも」

「パフォーマンスをやりすぎたんですよ。演技過剰《かじょう》ってところです」

溝口警部は、にやっと不敵な笑いを口元に浮かべる。

赤かぶ検事は、考え深げな顔をして、

「そりゃ、まあな。死んだはずの夫が、突如として自分の目の前にあらわれたというのなら、ショックのあまり気を失うってこともあるだろうけど、話を聞いただけで気絶するなんてのは、よくよく考えてみれば不自然かもしれん。もっとも、出雲路絢子がだよ、極端に神経過敏な女性で、夫が生きていると聞いただけでも、気が遠くなっちまったのかもしれんしよぉ」

赤かぶ検事は、あくまでも慎重な態度を崩《くず》さなかった。

行天燎子が口を開く。

「検事さん。それはそうと、間もなく次回公判が開かれますわね。その日は、前回に証言した佐久間正彦が、もう一度召喚《しょうかん》されるんでしょう？」

「その予定だ。前回は弁護側の主尋問だけでよぉ。出雲路絢子が失神したために、反対尋問ができなくなった。そこで、次回公判には、あらためて佐久間正彦を召喚し、検察側の反対尋問をおこなう段取りになっておる」

「検事さんが反対尋問をされるんでしょう？　そのことで、佐久間正彦は、わたしと会ったとき、不安がっていましたわ」

「なぜ、不安なんだろう？」

「検察官に反対尋問されるのかと思うと、恐ろしくてならないって……」

「それも、また、妙な話だなも。正直に質問に答えてくれれば、それでええんだ。不安がることはあるまい？」

「わたしも、そう言ったんですけど、佐久間正彦にしてみれば、何だか気が重いらしくて、浮かぬ顔をしていました」

「ほう。気弱な男なのかもしれんな」

「でも、勤め先のリゾートホテルのロビーで、フロント係やベルボーイに指示を与えているときのマナーなんか、毅然《きぜん》として、自信たっぷりの様子でしたわよ。とてもじゃないですけど、気弱な人物には見えませんでした」

「うむ。彼の胸のうちには、何かわからないが、わだかまりのようなものがあるんだろうか？」

「そうかもしれません。わだかまりと言うか、しこりと言うか……」

と赤かぶ検事は、ちょっと首を傾《かし》げながら考え込んでいた。

「うむ」

7

週明けに、公判が開かれ、佐久間正彦が再び召喚された。

玉置裁判長は、証人席に立った佐久間正彦を見ながら、

「佐久間さん。遠方から二回もお越しいただいて申しわけありませんが、これも真実発見のためですから、ご協力願います。それから、念のために申し添えておきますが、前回の公判で嘘《うそ》をつかないという宣誓をしておられますから、今日、あらためて宣誓する必要はありません。しかし、宣誓の効果は、今日の審理にも及びますので、もし、記憶に反する内容の証言をすると、偽証罪として処罰されることもありますので、注意してください」

「わかりました。裁判長」

「では、そこにある椅子《いす》に座って証言してください」

「はい……」

佐久間正彦は、法壇に向かって一礼してから、腰を下ろした。

次いで、玉置裁判長は、赤かぶ検事を振り向いて、

「検察官。では、反対尋問をどうぞ」

「承知しました」

と言って、赤かぶ検事は立ちあがり、証人席の佐久間正彦に向き直ると、

「まず、おみやぁさんに聞きたいのは、出雲路史朗とおぼしき人物を目撃したという日時の点だ。最初は、四月五日午後五時半頃、菖蒲ケ浜の散策路付近で見かけたそうだなも？」

「はい。わたしの知らない女性と連れだって歩いておられたんです」

「うむ。確かに、おみやぁさんは前回の法廷で、そのように証言しておるが、もう、その頃、問題の二人を目撃してから三か月以上も経過しておった。前回の法廷が開かれたのは、七月中旬だでな。つまり、二人を目撃してから約百日後だ。にもかかわらず、四月五日午後五時半頃なんていう日時まで記憶しておったのは、どういうわけだね？」

「そのことでしたら、前回にも申しあげたとおりです。わたしが中禅寺湖畔のリゾートホテルに再就職してから、ちょうど五日目だったから、よくおぼえているんです」

「いや、わしが知りたいのは、なぜ、五日目だなんて正確に記憶しておるのか。約百日が経過しておるのによぉ。その理由を知りたい」

問い詰めると、佐久間正彦は、一瞬、途惑《とまど》ったかに見えたが、やがて気を取り直し、こう答えた。

「何と言いますか、やっと新しい職場の雰囲気にも馴染《なじ》みができて、仕事の要領もわかりはじめた時期だったからです」

「しかし、仕事の要領がわかりはじめた時期が、なぜ、再就職してから五日目でなければならないのか、わしが聞いておるのは、その点だわね。五日目という数字をだよ、約百日が経過してからも、なお記憶しておったというのが不思議でならん。この点、おみやぁさんには、納得のいく説明ができるかね？」

こんなふうに詰問《きつもん》されると、さすがの佐久間正彦も返事に困り、じっと首を垂れ、黙り込んでしまった。

法壇の上から、玉置裁判長ら三人の裁判官が証人席の佐久間正彦を瞬《まばた》きもしないで凝視《ぎょうし》していた。

被告人席の出雲路絢子は、どうなることかと、不安げな眼差しを佐久間正彦の横顔に注いでいる。

「答えられないわけだなも。それならば……」

と、そこまで赤かぶ検事が言ったとき、弁護人の湖山彬が猛然と立ちあがり、異議を申し立てた。

「裁判長。検察官は、不必要に証人を困惑させ、窮地《きゅうち》に追い込もうとしています。このような反対尋問は不適法であり、許されません」

「いや、裁判所としては、そういう考えは持っておりません。佐久間証人の供述は、本件を審理するうえで極めて重要な意味を持っております。そればかりか、いまの検察官の質問は、実に的確で要領を得ておりますので、弁護人の異議の申し立ては却下《きゃっか》します」

と玉置裁判長は、即座に判断を下し、赤かぶ検事を眺めやって

「検察官。質問をつづけてください」

「わかりました」

赤かぶ検事は答えて、証人席の佐久間正彦に視線を戻すと、

「それじゃ、先程の質問に答えてもらいたい。五日目という日数の経過を、なぜ、記憶しておったのか。その点の説明をしてもらえんかね？」

「それは……ちょっと説明するのはむずかしいんですけど……何と言いますか、亡くなられたはずの出雲路史朗さまに、突然、お目にかかったものですから、嬉《うれ》しいやら、驚くやらで気持ちが動転《どうてん》したこともあって、後々までも、日数の経過を記憶していたんだと思います」

「まあ、ええだろう。わしとしては、おみやぁさんを困らせるために質問しておるんではないんだからよぉ。もっぱら、真実を発見するために反対尋問をしておるんだ」

赤かぶ検事は、弁護人席から自分を睨《にら》みつけている湖山彬に当てつけがましく、そう言っておいて、次の質問に移った。

いずれにしろ、いまの佐久間正彦の証言は、赤かぶ検事の質問に対する答えになっていなかった。

佐久間正彦としては、的確な返事ができないものだから、その場限りの思いつきを口にしただけだ。

赤かぶ検事は、佐久間正彦にたずねた。

「五月六日のことだがよぉ。当日の午前十一時頃に、霧降滝の滝壺《たきつぼ》あたりで出雲路史朗とおぼしき男性と連れの女性を目撃した。その後、午後四時半頃に、同じ人物を戦場ケ原の展望台で見かけたというんだが、もしかすると、そのカップルは、まったくの別人だったのではにゃぁがね？　つまりだね、霧降滝で見たのが、女性同伴の出雲路史朗だと思い込んだもんだで、その先入観に災いされ、午後四時半頃に戦場ケ原の展望台でよぉ、それとよく似たカップルをたまたま目撃したために、錯覚を起こした。違うかね？」

「そうじゃありません。まったく同一のカップルでした」

「確信があるのかね？」

「もちろん、確信があります」

このときばかりは、佐久間正彦も、きっぱりと答えた。

赤かぶ検事は言った。

「そうなると、おみやぁさんは、一日に二回も、出雲路史朗とおぼしき男性と連れの女性を目撃した。偶然の一致にしては、出来すぎておるとは思わんかね？」

「出来すぎているとか、そうでないとか、わたしにはお答えのしようがありません。とにかく、その日は、二回、出雲路史朗さまと連れの女性をお見かけしたのは、間違いのないことです」

「ええだろう。それじゃ、今度は、連れの女性についてたずねたい。四月五日に菖蒲ケ浜で目撃した女性と、五月六日に霧降滝の滝壺付近で見かけた女性とは、確かに同一人物かね？」

「同じ女性だったと思います」

「そう思うだけで、ほんとのところは自信がないんだろう？」

「いや、十中八九まで、同じ女性だったと思います」

「十中八九の確率なら、一応、自信があるとみてええんだなも」

「そうかもしれません」

「そうかもしれませんだって？　ちょっと頼りない証言だが、まあ、ええだろう。ところで眼鏡をかけておったかね？　その女性はよぉ」

「菖蒲ケ浜付近で見かけたときは、金縁の眼鏡をかけておられました」

「服装は？」

「シックな装《よそお》いをされていたような気がします」

「どんな感じの女性だった？　例えば、職業とか……」

「大学の先生とか、お医者さんや弁護士さんのような知的職業に従事しておられる方のようにお見受けしました」

「それじゃ、五月六日、午前十一時頃に、霧降滝で見かけた女性は、どうだったね？」

「眼鏡をかけておられなかったような気がするんですけど……よくおぼえていません」

「眼鏡をかけていたかもしれない？　そう言うんだなも」

「はい……」

「眼鏡をかけていたか、どうかは自信がない？」

「そうです。前回にも、そうお答えしたと思いますけど……」

「いや、前回の証言では、十中八九なんて確率のことまで言及してはおらなんだわね。その点、前回の証言とは微妙な食い違いがあるわけだが、それはそれとして、戦場ケ原で見かけた連れの女性は、どうなんだろう？　同じ日の午前十一時頃に、霧降滝で見かけた女性と同一人物かね？」

「同じ人でした。この点は、確信を持ってお答えできると思います」

「ほう。そのとき、おみやぁさんは、そのカップルにコンパクトカメラを向け、シャッターを切ったなも？」

「はい。残念ながら、シャッターが落ちる直前に、そのカップルが動き出したので、映像がボケてしまいましたけど……」

「そのことについて、ちょっとたずねたいが、コンパクトカメラのファインダーを覗《のぞ》きながらシャッターを切ったわけだろう？」

「そうです」

「覗いているとき、そのカップルが動き出す気配があったろう？　おみやぁさんには、それがわかったはずだ。違うかね？」

「確かに、おっしゃるとおりです。普通なら、シャッターを切るのを思いとどまるんですけど……わたしとしては、映像がブレてもかまわないから、出雲路史朗さまと連れの女性とをフィルムにおさめたくて……その一心でシャッターを切りました」

「写真雑誌にでも売り込むつもりだったのかね？」

赤かぶ検事は、にやりと破顔した。

すると、佐久間正彦は、むきになって、こう答えた。

「とんでもありません。そんなつもりは毛頭《もうとう》ないんです。ただ、出雲路史朗さまにはご贔屓《ひいき》にしていただいておりましたので、どうしても写真に撮りたいと思って……」

「贔屓にしてもらったから、写真に撮りたいと思ったなんていうのも、ちょっと理解しかねるがよぉ。写真なんか撮るより、本人に話しかけるのが人情というものではにゃぁがね？」

「さあ、どうでしょうか……」

「答えてちょうよ。どうでしょうかなんて、逃げの手を打つことはあるまい?」

「逃げるわけじゃないんです。ただ、お答えのしようがなくて……」

「答えられないのなら、それでもええんだ。なぜ、答えられないのか、三人の裁判官が判断されることだからよぉ」

と赤かぶ検事は、思わせぶりに言っておいて、次の質問を試みた。

「正直に答えてちょうよ。おみやぁさんはよぉ、そのカップルに向けてシャッターを切ったとき、被写体が動いたためにボケた映像になってもかまわない。死んだはずの人物がだよ、女性同伴で霧降滝や中禅寺湖畔に出没したという証拠写真を添えて、その情報を何かに役立たせようと考えたのではにゃぁがね?」

「いいえ、別に……そんな気持ちはありませんでした。ただ、何となくシャッターを切っただけです」

「何となくシャッターをね? そういう言いわけも成り立たないわけでもないだろうが、それにしてもだよ、その情報なり、写真なりを地元の警察へ持ち込まずに、わざわざ京都在住の湖山弁護士のところへ売り込んだのは、どういうわけだね?」

「売り込んだわけではありません。弁護士さんに情報を提供したほうがいいと思ったからです」

「なぜ、弁護士に情報を提供したほうがいいと思ったんだね？」

「女房が、そんなふうなことを言ったからです。警察や検察庁へ持ち込んでも、相手にされないからって……」

「なぜ、相手にしてくれないんだろう？」

「だって、そうでしょう。出雲路史朗さまを殺害したとして、奥さまが殺人罪で起訴されておられるんです。このことはマスコミの報道で知りました。しかも、その奥さまが無罪を主張して争っておられることもマスコミが報道していました。にもかかわらず、被害者である出雲路史朗さまが生存しておられるなんてことになったら、警察や検察庁の黒星になります。新聞も大きく書き立て、非難するでしょう。捜査が杜撰《ずさん》だったのではないかと……そんな理由から、この情報は弁護士さんのところへ持ち込んだほうがいいと女房が言い出したもので、わたしとしても考え方を変え、女房の意見に同調したんです」

「おみやぁさんの女房は、なかなか頭のええ女性だなも。羨《うらや》ましいわね。うちのかみさんなんか……」

と言いかけて、赤かぶ検事は、これはまずいとばかりに頭を掻《か》きながら、

「いまの質問は撤回《てっかい》する。つい、余計なことを言っちまって……申しわけありません」

と赤かぶ検事は、玉置裁判長に向かってちょっと頭を下げておいて反対尋問を続行した。

「問題の写真と情報を湖山弁護士に提供したのは、何らかの報酬《ほうしゅう》を期待したからではに

やぁがね？　警察や検察庁へ持ち込んでも謝礼はくれない。違うかね？」

「いいえ。報酬なんかいただこうとは思ってもおりません。わたしは、真実を明らかにしなければならないと信じて、湖山先生に連絡をとったんです」

「期待はしておらなかったとしても、実際には報酬を貰《もら》ったんだろう？」

その質問が赤かぶ検事の口から飛び出した途端《とたん》に、佐久間正彦の顔色が変わった。

湖山弁護人は、強い口調で異議を申し立てた。

「裁判長。佐久間証人は、報酬を期待していなかったと証言しているのに、なおも執拗《しつよう》に報酬のことをたずねるのは不適切です。何よりもですよ、弁護人としては、見も知らぬ第三者から有力な情報の提供をうけた場合、謝礼を支払うのは、当然のことであり、決して違法ではありません。情報提供者が報酬を目当てに売り込んできたのなら別として、弁護活動に協力する意味で情報や写真を提供してくれた場合、われわれとしては、情報提供者への感謝のしるしとして、何らかの謝礼を支払う。これは、至極《しごく》、礼儀にかなったことです」

湖山弁護人の意見は、一応、筋が通っていた。

赤かぶ検事は、湖山弁護人に言った。

「弁護人に釈明を求めたい。実際に謝礼を支払ったのか、どうか。金額はいくらなのか。もし、釈明しないのなら、この場で、直接、佐久間証人に問いただすよりほかにやぁでよお」

　そう言っておいて、赤かぶ検事は、玉置裁判長に向き直ると、

「裁判長。いかがですか？　ただいまの検察官の主張は、正鵠《せいこく》を射ていると考えますが、どうでしょう？」

　玉置裁判長は、ちょっと考えてから、こう言った。

「検察官。いったい、わたしに、どうしろと言うんですか？　率直《そっちょく》に述べてください」

「検察官としては、湖山弁護人なり、証人なりが、正確な報酬、もしくは謝礼について真実を明らかにするように裁判長から説得していただきたいのです。いや、佐久間証人が買収されているとは申しておりません。事実、そんなことがあっては大変です。そうではなく、報酬にしろ、謝礼にしろ、支払われているのかどうか、その金額はいくらだったのか。このことは、本件審理に影響を与えるものと思われますが、いかがですか？」

　赤かぶ検事は、たたみ込むような口調で言ってのけた。

　こういう言い方をされると、玉置裁判長としても、返事に困り、両わきに控えている二人の陪席《ばいせき》裁判官たちを交互に振り向き、ひそひそ声で合議しはじめた。

　やがて、玉置裁判長は、証人席の佐久間正彦に向かって、こう言った。

「佐久間さん。わたしからおたずねします。問題の情報や写真を湖山弁護人に提供したさい、何らかの金銭を受け取りましたか？」

「はい。そのつもりはなかったんですけど……これは、弁護活動に協力してくれた謝礼だと言って、封筒に入れた現金をちょうだいしました。わたしは辞退したのですが、湖山先生が、どうしても受け取ってもらいたいと言われたので、仕方なく、ちょうだいしたようなわけです」

「金額は?」

「封筒のなかに、いくら入っているのか、いただいたときにはわからなかったのですが、家へ帰り、封筒を開けてみると、現金で十万円が入っていました」

「その十万円には、交通費は含まれていたのですか?」

「いいえ。交通費は別途にいただきました。これは実費ですから、わたしとしても、遠慮なくちょうだいしたわけです」

「その十万円の謝礼ですが、あなたとしては、どう考えていますか?」

「湖山先生のお気持ちだと思って、いただいたわけですから、わたしとしては、正しいことだと確信しています」

「よろしい。では検察官、質問をつづけてください」

玉置裁判長は、赤かぶ検事にバトンタッチした。

それにしても、いまの佐久間正彦の証言は、なかなか堂《どう》に入《い》っている。

察《さっ》するところ、そういう質問が検察側から出ることを予想した湖山弁護人が、あらかじめ、佐久間正彦にレクチャーをしていたのだろう。

何はともあれ、佐久間正彦が、このとき嘘《うそ》をついていたとしても、それを暴露《ばくろ》する手段を赤かぶ検事は持ち合わせていなかった。

赤かぶ検事は、引きつづいて佐久間正彦を尋問した。

「おみやぁさんは、甘樫淳子という女性の写真を見せられたことがあるね?」

「はい。京都府警の刑事さんに見せてもらいました」

「その写真の女性に見おぼえがあったかね?」

「いいえ。全然知らない女性です」

「菖蒲ケ浜なり、霧降滝もしくは戦場ケ原の展望台で見かけた女性と見くらべてどうだね? 似ておると思ったかね? それとも、まったくの別人だと?」

「同じことを、京都府警の刑事さんからもたずねられましたが、わたしとしては、答えようがなかったんです。なぜかと申しますと、その写真の女性は、水着姿でしたから……」

「印象としては、違う女性だと答えたそうだなも」

「そのとおりです。でも、同じ人物かもしれないという気もします」

「その理由は?」

「印象が違って見えるのは、全身を写した水着姿の写真だからです。あるいは、こうとも考えられます。出雲路史朗さまのお連れの女性は、何かの事情から人目をはばかるので、わざと地味な恰好《かっこう》をして、目立たないようにしておられたのではないかと……金縁の眼鏡をかけておられたのも、そのためかもしれません。服装もシックな感じでしたが、そのことにしても、人目をはばかるからではなかったでしょうか」

「なるほど。おみやぁさんの言うのも一理あるが、それにしてもだよ、どういうわけで、人目を忍ばなければならないと思うんだね?」

「どういうわけかと聞かれても、答えられないんですけど……亡くなられた出雲路史朗さまが生存されており、事件から数か月も経過しているにもかかわらず、名乗り出てこられないのは、やはり、何か事情があるからでしょう。お連れの女性としても、そこらへんの事情をご存知なんだと思います。だからですよ」

「もう一点、たずねたい。人目をはばかるにもかかわらず、転落事件の起こった『いろは坂』から程遠くない菖蒲ケ浜や霧降滝、あるいは戦場ケ原付近を観光にまわっていたのは、どういうわけか。おみやぁさんに説明がつくかね? 後ろめたいところがあるのならばだよ、中禅寺湖付近をうろついたりはしなかったろう。人目を忍ぶなら、ほかにも逃げ場はいくらもある。違うかね?」

「はい……まあ……おっしゃるとおりかもしれません」

「そうだろうがね。おみやぁさんの証言には、その意味で、矛盾《むじゅん》した点があるよな」

そう言ってやると、佐久間正彦は、浮かぬ顔をしながら考え込んでいる。

赤かぶ検事は言った。

「最後に、聞いておきたいが、前回、おみやぁさんが証言したとき、被告人の出雲路絢子が気を失った。その場面は見ておったろう?」

「見ておりました。あれにはびっくりしました」

「おみやぁさんは、出雲路史朗の生前から、妻の絢子を知っておったんだろう?」

「知ってはおりましたが、出雲路史朗さまの奥さまとして存じあげていたようなわけでして、プライベートな関係は、まったくないということを申しあげておきたいのです」

「おみやぁさん。ずいぶん、神経質になっておるが、おみやぁさんと被告人の出雲路絢子との間にプライベートな関係があるなんて、わしは想像もしておらんし、何よりも聞いてはおらんのだから、安心しなよ」

赤かぶ検事は、そう言っておいてから、質問をつづけた。

「あらためてたずねるが、被告人の出雲路絢子が失神したのは、なぜだと思う?」

「それは、ご本人に聞いていただきたいと思います」

「いや、おみやぁさん自身の思い込みを話してもらいたい。突然、被告人の出雲路絢子が気を失ったのは、なぜなのか。おみやぁさんにはわかっておろう?」

「これは、わたしの推測ですけど、たぶん、奥さまのお気持ちが動揺したんでしょう。なぜかと言いますと、亡くなられたはずのご主人が生存しておられると聞いて、怖くなったというか……」

「なぜ怖くなったと思う？」

「いや、別に、そういう意味ではなくて……死んだはずの人が生きているとわかれば、誰だって怖くなりますよ。まして、自分のご主人なら、なおさらのことです」

「そうかな？　夫婦なら、怖くなるというより、大喜びするのではにゃぁがね？　おみやぁさんの場合に当てはめて考えてみなよ。もしもだよ、おみやぁさんが『いろは坂』のヘアピンカーブで転落死したにもかかわらず、その後、何か月も経過してから、おみやぁさんの女房がだよ、死んだはずのおみやぁさんが生存しておる証拠を突きつけられたとき、どういう態度をとると思う？　怖くなるのではなく、欣喜雀躍《きんきじゃくやく》とするのが普通ではにゃぁがね？」

「そりゃ、そうでしょうけど……出雲路さまの奥さまの場合は、ちょっと事情が違うんじゃないでしょうか？」

「どのように違うんだね？」

「いや、わたしにはわかりません。ご夫婦の間柄が、どうなっていたのかってことは……」

「つまり、こういうことかね？　出雲路夫婦の間柄がぎくしゃくとしておったもんだから、死んだはずの夫が生存していると知り、怖くなった。こう言いたいのかね？」

「はい……」

「それじゃ、ちょっと踏み込んだ質問をする。おみやぁさん自身としてはだよ、出雲路絢子は夫の死を望んでいたと思うかね？」

「そこまでは、わたしにはわかりません」

「実を言うと、被告人の出雲路絢子は、共犯者と謀《はか》り、夫を殺害した嫌疑によって起訴されておる。そのことについて、おみやぁさんは、どう思う？」

「どう思うかとおたずねになっても、やはり、答えようがありません。警察や検察庁がなさったことですから……」

佐久間正彦は、赤かぶ検事が仕掛けた罠《わな》をするりと潜《くぐ》りぬけた。

8

佐久間正彦が証言を終え、法廷を出て行くと、弁護人の湖山彬が玉置裁判長に向かって、こう言った。

「審理の進行について、弁護人の意見を申し述べます。ただいま、佐久間正彦の証言によっても明らかなように、死亡したものと信じられていた出雲路史朗は、実のところ生存している可能性が大いにあります。いや、生存している確実な証拠はありませんが、その確率は高いのです。では、生存しているとすれば、なぜ、名乗り出ないのか、その理由はわかりませんが、何はともあれ、生存の可能性が大であれば、本件起訴は合理性を欠きます。要するに、被告人出雲路絢子に有罪の判決を下すには、『合理的な疑い』が生じます。この場合、『疑わしきは罰せず』の原則により、被告人には無罪の判決が下されなくてはなりません。いずれにしましても、実質審理は本日限りで打ち切り、次回公判では、被告人の出雲路絢子自身の弁解を聞いていただきたいと存じます」

「つまり弁護人が言うのは、こうですね？　次回期日には、被告人質問をおこない、それで結審《けっしん》したいと……」

玉置裁判長は、弁護人の湖山彬を見つめながら念を押す。

湖山彬は、大きく頷《うなず》き返して、

「ご賢察《けんさつ》のとおりです。被害者である出雲路史朗が生存している可能性が大であるにもかかわらず、その被害者を殺害した嫌疑で公判を継続するのは、明らかに正義に反します」

「うむ」

と玉置裁判長は小さく頷き返しながら、赤かぶ検事に向き直ると、

「検察官。ただいまの弁護人の申し出に対し、検察官としての意見を述べてください」

「承知しました」

そうくるだろうと予想していた赤かぶ検事は、決然として立ちあがり、こう言った。

「結論から先に言うと、この段階で被告人質問をおこなうのは、賛成しかねる。弁護人は佐久間証言を根拠に、『疑わしきは罰せず』の原則の適用を求めておるが、時期尚早《しようそう》と言うよりほかない。佐久間証言が果たして信憑性《しんぴようせい》のあるものか、どうか、そのこと自体が疑わしい。何よりも、佐久間正彦が戦場ケ原の展望台で撮影したとかいう問題のカップルの写真にしても、映像がボケておって、どこの誰やら判別がつかない。こういうインチキ臭い写真を本法廷に提出し、それを一つの根拠にして被告人は無罪だなどと主張するのは、言語道断《ごんごどうだん》であり、検察官としては納得できない」

ここで、赤かぶ検事は言葉を切り、玉置裁判長の反応を窺《うかが》った。

玉置裁判長は、額《ひたい》に皺《しわ》を寄せ、しばらく思案《しあん》していたが、やがて赤かぶ検事のほうへ視線を注ぎながら、

「検察官にたずねます。佐久間証言の信憑性を判断するうえに参考となる証拠を新たに収集し、それを本法廷に提出する予定でいるのか、どうか。その点を明らかにしなさい」

「まさに、ご賢察のとおりです。佐久間証言は、検察側にとっては青天《せいてん》の霹靂《へきれき》であり、暗闇から突如として矢が飛んできたのにもひとしい不意打ちです。正直言って、慌てふためいておるところだが、このさい、捜査態勢を立て直し、真実発見のために、さらなる捜査活動を展開したい。もちろん、検察官としては、被告人が無実であることが明らかになれば、本件起訴を取り消すのもやぶさかではない。検察官の意図するところは、以上のとお

りであり、公正なる訴訟指揮を期待したい」

赤かぶ検事は、熱っぽく、みずからの主張を展開した。

玉置裁判長は、事態を重視し、両陪席裁判官と合議する必要があると考えたらしく、検察弁護の双方に向かって、こう言った。

「では、これから合議に入りますので、しばらく、このまま待機していただきます」

そう言って、玉置裁判長は席を立ち、法壇の後ろにある合議室へ消えた。

二人の陪席裁判官も、玉置裁判長のあとを追うようにして立ち去った。

法廷に居合わせた一同は、全員、起立して、合議室へ向かう裁判官たちを見送った。

三人の裁判官の意見が分れ、なかなかまとまらないらしく、十五分が経過した。

通常、五分も経過すれば合議が整うものだが、どうやら紛糾《ふんきゅう》しているらしい。

さらに五分が経過した。

このときになって、玉置裁判長を先頭に、二人の陪席裁判官が再び法廷に姿を見せた。

全員が起立して、彼らを迎える。

法廷の中央に座った玉置裁判長は、固い表情で、こう言った。

「合議の結果、次回期日には、出雲路絢子の被告人質問をおこないます。それでは、これで閉廷します」

言うなり、玉置裁判長は素早く起立し、二人の陪席裁判官を従えて、法廷から姿を消した。

弁護人の湖山彬の顔には、してやったりという勝ち誇った微笑が浮かんでいる。

被告人の出雲路絢子も、気をよくしているらしく、表情が明るく輝いて見えた。

9

「検事さん。たいへんなことになりましたね。この調子だと、裁判官たちは、すでに無罪の心証を抱きはじめたんじゃないでしょうか?」

法廷から検察庁の執務室へ戻る赤かぶ検事のあとを追うようにしてあらわれた溝口警部が、心配そうな顔をして言う。

溝口警部と一緒にやってきた行天燎子警部補も、眉《まゆ》をくもらせながら、赤かぶ検事の言葉を待っていた。

赤かぶ検事は、溜《た》め息をもらして、

「玉置裁判長の鶴《つる》の一声《ひとこえ》ってやつでよぉ。わしが反対意見を述べる余裕も与えずに、さっさと法廷から消えちまったわね」

「すると、どうなるんでしょう? 被告人質問が終了すれば、結審ということになり、判決を言い渡すんでしょうか? そんなの無茶ですよ、検事さん。いま、この段階で判決が出たら無罪にきまっていますよ。まったくいまいましい」

溝口警部は、憤然として言った。

赤かぶ検事としても、今日の合議の結果には納得できなかった。

何よりも、反対意見を述べる余裕を与えてもらえなかったことが不満でならない。

赤かぶ検事は、思案深げな顔をして口を開く。

「今日の合議の内容は、次回期日に被告人質問をおこなうというだけでよぉ、それで結審することまでは決まっておらんはずだ。要するに、被告人質問の結果を見たうえで、結審するか、それとも審理をつづけるか、その段階になって決定を下すつもりでおるんだろう」

「しかし、通常、被告人質問がすめば、それで結審して、判決を言い渡すんじゃありませんか？」

「確かに、それが慣例にはなっておるが、いつも、そうとは限らない」

「例外もあるとおっしゃるんですね？」

「まあな。わしとしては、この段階で結審するのは軽率にすぎると、極力《きょくりょく》、主張するつもりだ。いずれにしろ、おみやぁさんたちとしては、補充捜査に力を入れ、いったい、何が真実なのか、できる限り証拠を集めることだわね」

「わかりました。それにしても、佐久間正彦には仰天《ぎょうてん》させられましたよ。まさか、あのような証言をするとはね」

行天燎子警部補が、傍から口を添える。

「あんなの卑怯《ひきょう》ですわよ。まったくの不意打ちなんですものね」

行天燎子も憤慨している。

第三章　大いなる罠《わな》

1

玉置《たまおき》裁判長は、弁護人席を振り向いて、

「それでは弁護人。被告人質問をどうぞ」

「承知しました」

立ちあがった弁護人の湖山彬《こやまあきら》は、陳述《ちんじゅつ》席の出雲路《いずもじ》絢子《あやこ》に向かって、

「これから弁護人がおたずねしますが、質問をよく聞いて、的確な供述をしてください。わかりましたね？」

「わかっております」

出雲路絢子は、背筋を真っ直ぐ伸ばし、気後《きおく》れすることなく、クールな表情を見せながら、法壇の真ん中に座っている玉置裁判長を見つめている。

化粧をしていない素顔が艶《なま》めかしく輝いて見え、上向きにカールした睫毛《まつげ》の愛くるしさと相まって、すこぶる魅力的な容姿だった。

髪型にしても、服装にしても、場所柄を考え、至極《しごく》、控え目にしているところなども憎い限りだ。

湖山弁護人は言った。

「出雲路さん。あなたが事件の発生を知ったのは、京都府警から連絡があったからですね？」

「そうです。出雲路が奥日光の『いろは坂』で事故を起こし、車ごと谷底へ転落して死亡したという連絡が日光警察署から入っていますので、これから、すぐに現地へ向かってくださいと京都府警から電話があったんです」

「三月二十四日、午後二時過ぎのことですね？」

「はい。事件の翌日です」

「さぞかしショックだったでしょうね？」

「そりゃ、もう、何と言いますか、一瞬、目の前が真っ暗になり、目眩《めまい》に襲われたくらいです。やっと気を取り直し、現地へ向かう支度《したく》に取りかかりました」

「新幹線とタクシーを乗り継いで、日光警察署へ行ったんですね？」

「そうです。車では、とてもじゃないですけど、無理ですから……わたし、長距離は得意じゃないんです」

「そうしますと、あなたの愛車のＢＭＷは、その日も、いつものとおり、車庫に入れてあったんですね？」

「そうです。わたしの家には同居人がおりませんし、あの車を使っているのは、わたしだけですから……」

「事件が起こったのは、その前日の午後八時二十分頃ですが、その日も、一日じゅう、ＢＭＷは車庫にありましたか？」

「ありました。どこへも出かけていませんから……食料品なんかは冷蔵庫のなかに買い置きが用意してあり、買い物に出かける必要もなかったんです」

「日光警察署に着いたときには、もう夜になっていたでしょう？」

「そうです。ご親切に、交通課長がわたしを待っていてくださいました」

「ご主人の黒こげの遺体を見せてもらったのは、やはり、日光警察署ですね？」

「はい。警察の霊安室へ案内していただきました……わたし、あまりにも酷《むご》い遺体を見て、息が詰まりそうになり、気を失ってしまいそうでした。もし、交通課長の方が素早く、わたしの体を支えてくださらなかったら、わたし、その場に卒倒《そっとう》していたと思いますわ」

「その黒こげの遺体はですね、間違いなくご主人だったのですか？」

「はい。衣服の焼け残りなんかも見せてもらいましたし……鑑定の結果、判明した血液型も A型でした」

「ご主人は、A型なんですね？」

「そうです」

「衣服の焼け残りと言いましたが、例えば？」

「背広、ネクタイ、それから短靴の焼け残りも、交通課長から見せていただきました」

「それでは、一つ一つ聞いていきましょう。背広の焼け残りから、何がわかったのですか？」

「グレーの紳士服でして、主人が仕立てたのは二年前ですが、わたしも洋服店へ同行していますので、よくおぼえています。英国製の生地で、仕立ても素晴らしく、あれを主人が着るときは、たいてい、取り引きの相手方とお会いして商談するときなんかに限られていました」

「なるほど。事件当夜、ご主人は、日光市街のホテルで待っている不動産業者と会い、別荘の売買価格の交渉なんかをするつもりだったので、とっておきの背広を身につけて出かけた。こう言うんですね？」

「そうです」

「ネクタイについては、どうですか？」

「百貨店で買った西陣織《にしじんおり》の高級品です。その焼け残りが現場で見つかっておりました。グレーの生地に臙脂《えんじ》の細かな模様のあるシックなネクタイです。主人が一番、大切にしていたネクタイでもあるんです」

「短靴については、どうでしょう?」

「モレスキの黒い靴の焼け残りを見せていただきました。あらたまった場所へ行くときは、いつも、主人は、あの靴を履《は》いて出かけます」

「ご主人はですね、中禅寺《ちゅうぜんじ》湖畔の別荘へマイカーで出発するとき、すでに、その服装だったのですか?」

「いいえ。ラフな恰好《かっこう》で出かけました。そのほうが運転が楽だと言って……」

「そうしますと、いま、あなたが証言されたご主人の衣服は、車に積んであったのですね?」

「そうです。必要なときに、別荘で着替えるつもりでいたんです」

「事件当時のことですが、あなたとしては、別荘を売却することには異議がなかったのでしょう?」

「はい。あれは、わたしの不動産ですけど、主人が言うには、債権者《さいけんしゃ》に迷惑をかけたくないので、このさい売らせてくれと懇願《こんがん》しましたので、承知したんです」

「別荘を売却して、債権者への弁済《べんさい》に充当する。これがご主人の意向だったわけでしょう?」

「おっしゃるとおりです。事業のことは、わたしには、よくわかりませんが、主人が頼むんですから、あえて反対する気持ちは毛頭《もうとう》ありませんでした」

「いずれにしろ、当初は、単なる自動車事故として処理されていた。ところが、日数がたつにつれて、警察の態度が怪しくなり、あなたに殺人の疑いを抱きはじめた。これが経緯ですね？」

「そのとおりです。ほんとに悔《くや》しくてなりません。状況証拠だけで起訴するなんて……」

彼女は俯《うつむ》き加減《かげん》になり、きつく唇を嚙《か》んだ。

悲しみに暮れているかに見える出雲路絢子に、三人の裁判官の同情めいた眼差《まなざ》しが注がれていた。

そうと知って、湖山弁護人は、いよいよ調子づいてくる。

「あなたは、警察の取り調べのさいにも、夫を殺害した事実は認めていませんね？」

「はい。やってもいないことを認められるわけもないんですから……」

「当然ですよね」

と湖山弁護人は、手にしたメモにちらっと視線を落としながら、

「ところが、警察は、あなたが金銭欲のために、夫を殺害したと疑っていたんですね？」

「そうです。わたしが直接、手を下したのではなくても、共犯者がいるはずだと……そりゃ、もう、しつこいんです」

「疑惑を招いた直接の原因は、左前輪のブレーキホースに傷がついていたためですね?」

「そうらしいんです。わたしには、全然、おぼえのないことですけど……」

「あなた自身は、どうですか? ブレーキホースに傷をつけるなんていう殺人のテクニックを知っておりましたか?」

「いいえ。そんなこと思いもよりません」

「共犯者に頼んでやらせたという疑いもかけられておりますが、その点については、いかがでしょう?」

「わたしには、そんなことをしてくれる共犯者なんて、誰もいません」

「念のために聞いておきますが、あなたには、夫以外に親しい男性がおりましたか?」

「いいえ。わたしが貞淑《ていしゅく》な妻だってことは、みんなが知っています」

「そうですよね。例えば、わたし自身、弁護士としてご主人の会社の顧問をしており、あなたのご家庭へも、ときおり呼ばれましたが、夫婦仲はいたって仲睦《なかむつ》まじく、あなたに恋人とか愛人がいるなんて、まったく想像もできませんでした。だいいち、そういう事実があれば、ご主人が気づかないはずはないし、必ず、わたしに打ち明けてくれるはずです。そういう経験が、まったくないところから考えても、あなたに夫殺しの疑いをかけること自体が間違っているんですよ」

と湖山弁護人は、法壇に居並ぶ三人の裁判官を意識して、声高に言っておいて質問をつづける。

「別荘のドアのキーですが、あなたは所持しておりましたか？」

「いいえ。一個しかないキーは、主人が持っておりました」

「別荘の車庫のキーについては、どうでしょう？」

「これも、やはり、主人が持っていたんです」

「そうしますと、あなたが一人で別荘のドアを開けて中へ入ったり、車庫へ侵入して、ご主人のマイカーに細工《さいく》するなんてことは、およそ不可能なことですよね？」

「そうです。わたしにできるはずもないんです。それなのに……」

彼女は、目に涙を浮かべながら、憤然として言ってのけた。

湖山弁護人は、冷静な態度で質問をつづける。

「出雲路絢子さん。興奮しないようにお願いします。腹も立つでしょうけど、そこをぐっと堪《こら》えて、事実のみを供述するように心がけてください。よろしいですね？」

「わかっているつもりですが……つい、取り乱したりして……」

出雲路絢子は、壇上の玉置裁判長に向かって、申しわけなさそうに頭を下げた。

湖山弁護人は言った。

「これからおたずねすることは、この裁判にとって極めて重要な意味がありますので、よく考えて答えてください。よろしいですね？」

「わかりました」

「事件発生後、あなたが日光警察署へ行って、黒こげの遺体や遺留品を見せられ、血液型がA型であるという鑑定が出ていたこともあって、間違いなくご主人が転落死したものと信じ、そのように供述した。これが真相ですよね？」

「そのとおりです」

「いまは、どうでしょうか？」

「いまは、そのように思っておりません」

「と言うと？」

「先日の佐久間さんの証言によれば、主人を三回も目撃したとおっしゃっていますから……」

「あなたは、佐久間正彦の証言を信じて疑わないわけですか？」

「言うまでもございません。佐久間さんとは何回か会っておりますし、誠実な方であり、嘘《うそ》をつくような人ではありません」

「あなたが佐久間正彦と顔見知りなのは、どういう事情によるものですか？」

「主人と一緒に中禅寺湖畔の別荘に泊まったさい、佐久間さんが勤めておられた湯元《ゆもと》温泉のホテルに主人と同伴でお世話になったことがありましたから……」

「これまでに、佐久間正彦と会ったのは、何回くらいでしたか？」

「わたしの記憶では、ほんの一回か二回……多くて三回くらいだったと思います」

「その程度しか会っていないのに、なぜ、佐久間正彦が誠実な人であり、嘘をつくような人間ではないとわかるんですか？」

「主人が、そう言っておりましたのでね。何と申しますか、主人は、佐久間さんがたいへん気に入っているようでした。わたしも、ひと目会ったとき、この人は誠実な方に違いないと思いました」

「なるほど。その佐久間正彦の証言によると、三回に及んでご主人を目撃したというんですから、あなたとしては、間違いなくご主人が生存している。そのように確信しているんですね？」

「そうです。なぜ、身を隠しているのか、そこまではわかりませんけど、必ず生きているはずです」

「生存しているにもかかわらず、なぜ、あなたに連絡をよこさないのか、その事情がわかりますか？」

「いいえ。わたしに連絡してこないのは、よほど、やむにやまれぬ事情があるからでしょう」

「ある程度の察《さっ》しはつきますか？　連絡をしてこない事情について……」

「そうですね。これは、わたしの想像ですけど、たぶん、債権者の追及を恐れているから

「債権者から逃れるために、死んだように見せかけ、身を隠している？　そう思うんですね？」

「お察しのとおりです。そういう実例がよくありますので……」

「そのような実例が過去にあったんですか？」

「主人のことではありませんけど、同業者の方で事業に失敗し、倒産してしまったんですけど、債権者の追及が厳しく、それに堪えかねて、妻や子供には何の連絡もしないまま、いまだに行方不明になっている人がいると聞いておりますから……」

「もう一つ、大切なことをうかがいたいのですが、ご主人が世間の目を逃れ、身を隠しているとすれば、その場所は、いったい、どこなのか、見当がつきますか？」

「いいえ、全然、見当もつきません」

「佐久間正彦の証言によると、三回に及んでご主人が目撃されていますが、いずれも、女性同伴だったそうです。その女性について、何か心当たりがありますか？」

「いいえ。まったく心当たりがありません」

「立ち入ったことをうかがいますが、生前のご主人には、愛人関係にある女性がいたと思われますか？」

「わたしとしては、主人に限って、そんなことはないと思っていたんですけど……そりゃ、玄人《くろうと》筋の方とは何回か付き合いがあったと思いますが、よく知りません」

「玄人筋とは？」

「祇園《ぎおん》の芸者さんとか、ホステスの方とか……」

「その人たちを特定できますか？」

「とんでもありません。顔を見たこともありませんし、名前さえも存じません。わたしとしては、そういうことには関心がありませんので……」

「しかし、ご主人が浮気をしているらしいという感触はあったのと違いますか？」

「そりゃ、まあ、ふと気になることはありましたけど……具体的に何の証拠もないことですから、わたしとしては、自分一人の胸におさめておりました」

「ご主人にも話さなかったんですね？　そのことを……」

「もちろんのことです。あれでも、主人は一国一城の主《あるじ》ですから、家庭のそとで何をしているか、いちいち咎《とが》めだてするのは端《はし》たないことだと、わたしは思っておりました」

「要するに、あなた自身のプライドが許さないいんでしょうね？」

「そうかもしれません」

「それにしても、ご主人がどこかに身を隠しているとすれば、一度くらい、あなたに、こっそりと連絡をしてきてもいいんじゃありませんか？」

「そう思います。せめて電話の一本くらい、かけてくれればいいのにと……」

「ご主人としては、そうしたいのはやまやまでしょうけど、実際には、できない。こういうことでしょうか？」

「はい。わたしは、そう信じております」

「しかし、他言しないようにと念を押したうえで、あなたに電話を入れることもできるんじゃありませんか？」

「それはできるでしょうけど、そんなことをすると、わたしが、うっかり口外するんじゃないかと主人は心配しているんでしょう」

「そりゃ、まあね。敵を騙《だま》すには味方を騙せなんて、昔から言いますから……」

「はい。壁に耳ありとも申します」

「最後に聞いておきますが……前々回の法廷で、あなたは気を失いましたね？　あのときの気持ちは、どのようなものでしたか？」

「申しわけありません。ご迷惑をかけて……」

出雲路絢子は、物静かな態度で視線を伏せながら、

「あまりにも突然のことでしたし、それに、主人が生きていると知って、胸がときめきました。いま、すぐにでも主人のところへ飛んで行きたいような衝動に駆られたりしまして……あれやこれやで気持ちが動転し、気を失ったんだと思います……そのうえ、拘置所《こうちしょ》生活を送っておりますので、睡眠不足になりがちなんです」

「体調もよくなかったんでしょうね？」

「そうです。心身ともに疲れ果て、弱っているときに、いま申しましたような衝動に襲われ、あまりにも嬉《うれ》しくて、興奮したんだと思います。ほんとにご迷惑をかけました」

出雲路絢子は、壇上の三人の裁判官に向かって、再び、深々と頭を下げた。

黒髪の生え際が艶《なま》めかしげに露《あらわ》になった。

2

湖山弁護人の主尋問が終わると、玉置裁判長は、赤かぶ検事のほうへ顔を向けながら、

「検察官。反対尋問があれば、どうぞ」

「承知しました」

赤かぶ検事は、事件記録を手にして立ちあがり、陳述席の出雲路絢子を見つめながら口を開く。

「今度は、検察官からたずねたい。おみやぁさんはよぉ、夫が『いろは坂』から転落死したと京都府警からの電話で知ったときにも、失神しそうになったと言ったなも？」

「はい。そのように申しました」

「それから、日光警察署へ出向き、黒こげの夫の遺体を見せられたときにも、気絶しそう

になり、傍に居合わせた交通課長が体を支えてくれなかったら、卒倒していたでしょうとも証言した。これも間違いにゃぁがね？」

「そのように申しました」

「そんなわけで、おみやぁさんは、しばしば気を失いそうになるらしいが、なぜ、そういう精神状態になるのか、自分なりに説明がつくと思うんだが、どうだね？」

「何と言いますか、愛している夫が転落死したと聞かされたり、真っ黒こげになった遺体を見せられたりしたものですから、すっかり動転《どうてん》しまして……」

「要するに、ひどく取り乱して、心が揺れ動き、気を失いそうになったと、そう言うんだなも？」

「おしゃるとおりです」

「ところがだよ、佐久間正彦の証言によって、夫が生きているかもしれないとわかったときにも、この法廷で気絶し、救急車で病院へ運ばれた。これは、どういうわけだね？」

「それは、また別の気持ちだったと思います」

「と言うと？」

「どう申せばいいんでしょうか。つまり、死んだと思って諦《あきら》めていた夫が生存しているとわかったものですから、気もそぞろで、まるで雲のうえに浮かんでいるような気分になったんです」

「それで失神したのかね？」

「たぶん、そうだと思います」

「妙だなも。嬉しくて雲のうえに浮かんでおるような気分だったなら、動転して失神するなんてことはないと思うんだが、どうだね？　陽気で浮かれるような気分なんだからよぉ？」

問い詰めると、出雲路絢子は、返答に窮《きゅう》したらしく、視線を伏せながら考え込んでいる。

赤かぶ検事は言った。

「答えられないのかね？　無理もないだろう。おみやぁさんの供述には、ほかにも矛盾《むじゅん》がいくつかある。人間というものはよぉ、一つでも嘘《うそ》をつくと、後々まで尾を引く。嘘の上塗りをせにゃぁならんでよぉ。そのために、また嘘をつく。そして、また上塗りをする。こんなわけで、次から次へと嘘をつかにゃぁならなくなり、どこかでボロが出る。まあ、ええわね。おみやぁさんをいじめるつもりはないいんだ。次の質問に移ろう」

と赤かぶ検事は、思わせぶりに言っておいて、

「さて、日光警察署で見せられた遺体のことだがよぉ。それが夫の遺体であると判断したのは、どういう理由によるものだね？」

「先程も申しましたように、焼け残った衣服の特徴とか、血液型とか……」

「うむ。血液型は、A型だそうだなも？」

「はい。どこかに記録があるはずですから、調べていただければわかります」

「ところが、まったく記録が残されておらんのだわね。どうやら、生前の出雲路史朗は、健康そのものの人物だったらしく、医者にかかったこともないようだなも？」

「そうなんです。子供の頃から丈夫で、病気になったことは一度もないって……実際、風《か》邪《ぜ》一つひいたことがないんですから……」

「入院したこともないのかね？」

「はい。年に一度くらいは検診を受けないと、取り返しのつかないことになるかもしれないわよと、機会あるごとにアドバイスしていたんですけど、そのうちに行くよと答えたなり、ずるずると経過してしまいました」

「よほど頑健《がんけん》な体だったんだなも。羨《うらや》ましい限りだ。いずれにしろ、血液型についての記録が残っておらんもんだで、法医学の専門家の鑑定書が唯一の資料でよぉ。つまり司法解剖のさいに、遺体から血液型を割り出したわけだが、それによると、A型だという。実際のところ、出雲路史朗は、A型だったんだね？」

「A型です」

「どういうわけで、A型だと断言できるんだね？　怪我《けが》もなく、病気もしなかったんだから、血液型を調べる機会もないままに経過しておったのと違うのかね？」

「主人が自分でA型だと言っておりましたので……」

「そのとおり信じておるわけか？」

「そうです」

「しかし、客観的な裏づけはないなも」

「ですけど、日光警察署の交通課長から、こう言われました……遺体を鑑定したところ、血液型はA型であることがわかったと……ですから、わたし、『それじゃ、主人の遺体に間違いありません。だって、主人はA型だったんですから……』と、そう答えました」

「だけど、A型というのは、日本人に最も多い血液型の一つだでな」

「でも、主人はA型です。血液型について、妻のわたしに嘘を言うはずもございませんから……」

「なるほど。おみやぁさんとしては、血液型のほかに、衣服の焼け残りの特徴などから判断しても、間違いなく出雲路史朗の遺体だと確信したわけだ。そうだよな？」

「おっしゃるとおりです」

「遺体について鑑定をおこなった法医学専門家の所見によると、義歯が二本、発見された。黒こげの遺体からよぉ。そのことは知っておるかね？」

「存じております。日光警察署の交通課長から教えていただきました」

「その義歯をよぉ、実際に見たかね？」

「見せていただきました。金冠の義歯です」

「生前の出雲路史朗は、医師の世話になったこともない健康な体だったというが、歯のほうは、そうではなかったようだなも？」

「その二本だけが虫歯だったんです。治療したのは、四年くらい前ではなかったでしょうか」

「二本の義歯は、どの部位だね？」

「下側の奥歯の二本です」

「本人から見て、左側かね、それとも右側？」

「左側の奥歯の二本です。そのほかの歯は、異常がなかったんです」

「歯の治療をした歯科医はわかるかね？」

「いいえ。わたしが聞いていたところでは、大阪の歯科医に頼んで治療してもらったらしいんです」

「わざわざ大阪へ？」

「義歯の上手《じょうず》な歯科医だと人から聞いて、そこへ通っていました。仕事上、しばしば大阪へ車を飛ばしていましたから、そのついでに治療をしてもらっていたんだと思います」

「そうなるとよぉ、例の遺体は、まぎれもなく出雲路史朗でなければならない？　そういうわけだなも？」

「そのように、わたしも信じておりましたが、佐久間さんの証言を聞きまして、あれは他人の遺体だったのかもしれないと思ったりしまして……心が動揺したんです。だから、気を失ったんだと思います」

「心が動揺した？　なるほど。おみやぁさんとしては、間違いなく出雲路史朗が死亡したものと信じて疑わなかったのに、生存している可能性があると知り、強い衝撃に見舞われた。こういうわけだね？」

「そのとおりです。ほんとに、佐久間さんのおっしゃったことは、わたしにとっては、たいへんなショックでした」

「そのショックで気を失った。こう言うんだなも？」

「そうなんです。わたしとしたことが……」

「しかし、考えてみれば妙な話だ。弁護人の質問にもあったが、死んだと思っていた夫がだよ、生存しているかもしれないと聞かされたなら、妻としては欣喜雀躍《きんきじゃくやく》し、気分が昂揚《こうよう》するはずだ。ところが、おみやぁさんは違う。どういうわけか、夫が生きているかもしれないと聞かされ、ひどいショックを受けた。なぜだね？　間違いなく夫が死んだことは、おみやぁさんにはわかっておったんだろう？　その理由は明らかだ。夫を死に追いやったからこそ、死んでいると確信したわけだ。にもかかわらず、その夫が生存しており、どこかに身を潜《ひそ》めているらしいと知り、愕然《がくぜん》とした。自分自身、もしくは共犯者と謀《はか》ってやったことが裏目に出た。どこかに身を隠しているらしい夫が復讐にくるのではないか。そう思うにつけて、ますます怖くなった。そのショックで失神したのではにゃぁがね？」

赤かぶ検事は、たたみ込むような口調で追及した。

彼女は表情を強張《こわば》らせながら、じっと聞いていたが、やがて憤然として、こう言った。

「そうじゃありません！……わたしが夫をどうにかしたと疑っておられるようですが、事実無根です。わたしは、夫が生存しており、いつか、わたしのところへ戻ってくれるに違いないと……そのことを、ただ、ひたすらに待ち望んでいるんです。裁判長さま、信じていただきたいのです。このわたしの切ない気持ちを……」

彼女は涙声になり、歯を食《く》い縛《しば》りながら、こみあげてくる感情のうねりを必死に堪《こら》えている様子だった。

ちょっと、やり過ぎたかなと赤かぶ検事が後悔しはじめたとき、素早く湖山弁護人が異議を申し立てた。

「裁判長。検察官の尋問は不当です。か弱い女性を追い詰め、犯してもいない罪を認めさせようとしているのです……」

湖山弁護人自身が感情的になり、声を震《ふる》わせながら憤慨していた。

それも、また、ヘンな話だ。

どうやら、湖山彬と出雲路絢子とは、弁護人と依頼人《クライアント》という間柄だけにとどまらず、プライベートな関係においても心が通じ合っているもののようだ。

このとき、赤かぶ検事は、そう確信した。

法壇の上から、玉置裁判長が赤かぶ検事を見つめながら、こう言った。

「検察官の立場はよくわかりますが、被告人質問にさいしては、もう少し言葉遣いに注意してください。わかりましたね？」

「申しわけない。つい、行き過ぎてよぉ。以後、注意します」

赤かぶ検事は、神妙に謝罪しておいて、次の質問に移った。

「今度は、別のことをたずねる。中禅寺湖畔の別荘だがよぉ、時価二億五千万円と言われておるが、実際は、どうなんだね？」

「わたしは不動産業者ではありませんので、どれくらいの値打ちがあるのか、よくわかりません」

出雲路絢子は、逃げの姿勢を見せはじめた。

赤かぶ検事は、追及の手を緩《ゆる》めない。

「『出雲路建設』の債権者たちは、時価にして二億五千万円程度の値打ちはあると評価しておるようだが、おみやぁさんは知っておるかね？」

「そういう話は聞いております」

「『出雲路建設』の債権者が中禅寺湖畔の別荘に目をつけているのは、なぜだと思う？」

「別荘を売却させ、その代金を借金の返済にあてるようにと主人に強く迫っていました。

気の弱い主人は、債権者の圧力に屈し、あれを転売して現金に換えることを考えていたんです」

「うむ。事件当夜、出雲路史朗が『いろは坂』を下り、日光市のホテルで待っている東京の不動産業者に面会するために、マイカーを走らせていたさい、事件に遭遇《そうぐう》した。少なくとも、この程度のことは認めるよな？」

「はい。それが事実ですから……」

「その前々日、別荘に滞在中の出雲路史朗から上賀茂《かみがも》の私宅に電話がかかった。そのときの会話の内容はおぼえておるなも？」

「たぶん、おぼえていると思いますけど……」

「たぶんだって？　正直に答えてちょうよ。ごまかしは許されん。ええかね？　出雲路史朗はよぉ、別荘を売らなければならなくなったが、承知してくれるかと、おみやぁさんの意向を聞いた。そのさい、おみやぁさんとしては承諾できないと、突っぱねたのではにゃあがね？」

「いいえ。断ってはいません」

「それじゃ、無条件に承知したのかね？」

「無条件というわけにはまいりません。だって、あれは、わたしの名義ですし、わたしの唯一の財産ですから……」

「名義は、おみやぁさんのものになっていても、金の出所は『出雲路建設』だろう？　債権者連中は、『出雲路建設』の裏金で買い取った別荘だから、このさい、思い切って売却し、借金の弁済にあてるように出雲路史朗に迫っておった。この事情は、おみやぁさんも知っておろう？」

「およそのところは知っております」

「およそのところなんてものではないだろう？　よく知っておるくせに……聞きなよ。おみやぁさん自身も認めるように、あの別荘は唯一の資産であり、どうあっても自分の手元に残したい。だから、別荘の売却には反対だった。おみやぁさんが警察で取り調べを受けたときの供述調書でも、そうなっておる。違うかね？」

「あの調書は、デッチ上げです。刑事さんが勝手に書いたんです。あのとき、逮捕されていましたので、仕方なく拇印《ぼいん》を押してしまいましたけど、でも、ほんとのところは違うんです。わたしとしては、別荘の売却を承知していたんですから……」

「逮捕されていたから仕方なく拇印を押したって？　そりゃないだろう。問題の供述調書が作成されたとき、おみやぁさんは逮捕されておらなかった。任意出頭の形式で警察へ呼ばれ、事情を聞かれておったんだ。その過程で、おみやぁさんはよぉ、別荘の売却には反対だったと述べたもんだで、そのとおり調書が作成された。逮捕されたのは、その後のことだ。口から出まかせを言うでない」

赤かぶ検事は、厳しい口調で糾弾《きゅうだん》した。

出雲路絢子は、ハッとして胸に手を置く。まずいことを言ってしまったと悔やんでいる様子だ。

赤かぶ検事は言った。

「おみやぁさんよぉ、事情聴取のさいに警察で供述した内容とは違ったことを、湖山弁護人との接見のさいに話しておるなも。違うかね?」

「そんなおぼえはありませんけど……」

そう答えて、出雲路絢子は、ちらっと弁護人席の湖山彬に視線を流す。

湖山彬の表情が険しくなった。

赤かぶ検事は、素知らぬ顔をして質問をつづける。

「先程、おみやぁさんは、例の別荘が自分にとって唯一の資産だと言ったなも。しかし、おみやぁさん名義の預金があるではにゃぁがね? 一億八千万円のよぉ。債権者は、この預金にも目をつけておる。そいつを借金の返済にあてろと……違うかね?」

「そのことも知っています」

「なぜ、債権者は、おみやぁさん名義の預金まで吐き出させようとするのか、察しはつくだろう?」

「いいえ。わたしには理解できません。わたしが事業をしていたわけじゃないんですから……」

「そいつは違う。その預金はよぉ、おみやぁさんが『出雲路建設』の取締役であった間、役員報酬《ほうしゅう》として受け取っておった金銭をそっくり預金し、それが手つかずのまま現在まで残されておるからだ。おみやぁさんが取締役を辞任したのは、バブルが崩壊し、会社の経営が悪化した直後だ。要するに、おみやぁさんたち夫婦は、会社を食い物にしておったのも同然だ。会社を倒産状態に追い込んでおきながら、その一方で私腹をこやしたと非難されても弁解の余地はあるまい？　だから、このさい、こやした私腹を吐き出し、債権の弁済にあてるようにと債権者連中は強硬姿勢を崩さない。どうだね？　これが偽りのない事情だろう」

「わたしには、よくわかりません。本来、会社の経営にはタッチしておりませんでしたから……」

「会社の経営にタッチしておらなかったのに、役員報酬を受け取っておったんだから、何をか言わんやだ」

出雲路絢子は、赤かぶ検事の追及にもかかわらず、貝のように口を閉じ、沈黙を守っている。

これも一種の黙秘権《もくひけん》の行使である。

証人とは異なり、被告人には黙秘権が保障されているから、赤かぶ検事としては、あえて彼女の口を割らせるわけにはいかない。

何はともあれ、佐久間正彦の証言を重視するならば、裁判所としては、ここで結審に持ち込み、「疑わしきは罰せず」の原則を適用し、彼女に対して無罪の判決を下すことも可能である。

裁判所としても、彼女がまったくの白だとは考えてはいないだろうが、だからと言って、有罪判決を言い渡すのは躊躇《ちゅうちょ》される。少なくとも、佐久間証言の信憑性《しんぴょうせい》を認めるとするならば、そういう結論にならざるを得ない。

そうなると、検察側にとっては、承服できない結果を招く。

赤かぶ検事は、乾坤一擲《けんこんいってき》、最後の賭《か》けに出た。

「おみやぁさん。この質問には正直に答えてちょうよ。ええかね？　中禅寺湖畔の別荘と、おみやぁさん名義の預金とを合わせると、四億三千万円に達する。おみやぁさんならずとも、これは、たいへんな財産だ。これは認めるなも？」

「おっしゃる意味はわかります。わたしには、ほかに収入の道は何もないんですから……老後のこともありますし……」

「だから言っておるんだ。何が何でも、それだけの財産は確保したい。ところが、債権者連中に追い詰められ、断り切れなくなった出雲路史朗はだよ、その手始めとして、例の別荘を転売することを考えはじめた。実際のところ、東京からやってきた不動産業者と売却価格の交渉をするために、事件当夜、マイカーで出かけ、その途中、『いろは坂』の『む』地点から転落死したわけだ。おみやぁさんにしてみればだよ、出雲路史朗が死んでしまえば、たとえ債権者がおみやぁさんを標的にして、借金の返済を迫ったところで、自分は関係ないと突っぱねられる。腕の立つ弁護士がおみやぁさんの味方をしてくれることでもあるしよぉ」

と赤かぶ検事は、弁護人の湖山彬を目の端にとらえながら、言葉をつづけた。

「少なくとも、わしがいま話した事柄は認めるよな？　要するに、おみやぁさんには、夫を殺害する動機があったってことだ。実際、警察で事情を聞かれたさいにも、そのように供述しておる。供述調書もできあがっていることだし、おみやぁさんとしては、いまさら否認するつもりはないだろう？」

赤かぶ検事は、説得口調で出雲路絢子を問い詰めた。

しかし、彼女は、唇を固く結び、黙り込んでいる。

自分にとって不都合な質問に対しては、黙秘権の行使という方法で対決するつもりなのだ。

さすがの赤かぶ検事にも、彼女の頑固《がんこ》さには手も足も出なかった。

3

被告人質問が終わると、弁護人の湖山彬は起立して、こう言った。

「裁判長。ただいまの被告人質問によって、事案の真相が何であるか、ご理解いただけたものと信じます。したがって、この程度で審理を終結し、判決言い渡しの期日を指定していただきたいのです。おそらく、検察官にも異存ないものと思われますので……」

厚かましくも、湖山弁護人は、赤かぶ検事にも異存がないだろうなどと出過ぎたことを言う。

玉置裁判長は、赤かぶ検事に顔を向けて、

「検察官。ただいまの弁護人の申し出について、意見を述べてください。たぶん、検察官にも異存はないだろうと弁護人は言いますが、どうなんですか？」

「とんでもない」

と赤かぶ検事は、苦々しげに口元を歪《ゆが》めながら、

「検察官に異存がないなどと勝手な推測をしてもらっては困るでよぉ。それどころか、大反対だ。被告人質問というのは、言うなれば、被告人の弁解みたいなものだから、そのこと自体、証拠としての信用性に乏しい。佐久間正彦の証言にしても、果たして、どこまで

の信憑性があるのか、極めて疑わしい。そうであってみれば、ここで結審するなどというのは、もってのほかだわね。検察側としては、引きつづいて捜査官を督励《とくれい》し、目下、補充捜査に全力をあげておる真っ最中なんだから、それが一段落するまで結審に持ち込むのは留保にしていただきたい。以上が検察官の意見だわね」

「わかりました。この問題について、合議しますから、しばらく、このまま待機してください」

そう言って、玉置裁判長は、腰を浮かせた。

「起立」

と廷吏《ていり》が声をかけたときには、すでに玉置裁判長を先頭に二人の陪席《ばいせき》裁判官が法廷の奥にある合議室へ立ち去ろうとしていた。

赤かぶ検事ら訴訟関係者は言うに及ばず、傍聴人を含め、居合わせた全員が起立して、裁判官たちを見送った。

前回と同様に、合議が整うまで、二、三十分を要するだろうと赤かぶ検事は予測していたが、案に相違して、五分も経過しないうちに三人の裁判官が再び登壇した。

このときも、廷吏の合図で全員が起立して裁判官たちを迎えた。

法壇の真ん中に腰を下ろした玉置裁判長は、正面に視線を投げながら、こう言った。

「合議の結果、結審は留保することとし、次回公判期日は、追って指定することになりました。本日は、この程度で閉廷します」

これがアメリカの裁判所なら、裁判長が木槌《きづち》を叩《たた》くところだが、日本の法廷では、それはやらない。

決定を下したあとは、さっさと立ち去るだけである。

実際、玉置裁判長ら三人の裁判官は、黒い法服の袖《そで》を翻《ひるがえ》しながら、訴訟関係者に見送られ、裁判官室へと姿を消した。

赤かぶ検事が京都地検の執務室へ戻ると、公判を傍聴していた溝口警部と行天燎子《ぎょうてんりょうこ》警部補が、ひと足先にやってきて、赤かぶ検事を待っていた。

「これは驚いた。おみやぁさんたちに先を越されたとはよぉ。とにかく、座ってちょうよ。それにしても、いよいよ予断《よだん》を許さない事態になってきたなも」

そう言いながら、赤かぶ検事は、デスクの前に座り、二人の捜査官を眺めながら吐息《といき》をもらす。

溝口警部が膝《ひざ》を乗り出すようにして、

「検事さん。次回公判期日は追って指定すると玉置裁判長が言いましたよね。あれは、どういう意味でしょうか？　ずいぶん含みのある訴訟指揮のように思われるんですけど……」

「そのとおりだわね。次回公判期日というのが曲者《くせもの》だ」

「そうしますと、やはり、判決を言い渡すつもりでしょうか？　次回公判期日の指定があった場合のことですけど……」

「いや、玉置裁判長としては、そこまでの腹は決めておらんだろう。と、まあ、わしは推測するんだがよぉ」

「それじゃ、当分、事態の推移を静観し、補充捜査の進展を見極めたうえで、次回公判期日を指定する。そして、われわれの側から新たな証拠が提出されれば、それを審理の対象にするとか……そんなところでしょうか？」

「まあな。われわれが、どういう証拠を入手するか、それを見とどけたうえで、あらためて審理を継続するか、それとも審理を打ち切って結審し、判決言い渡しの日を指定するか、その段階で決定を下すつもりなんだろう」

「なかなか含みのある措置《そち》ですね、検事さん」

「そうだ。玉置裁判長は、慎重居士《しんちょうこじ》だと言われておるが、まさに、そのとおりだわね」

「わかりました。そうなりますと、われわれとしては、何としてでも新しい証拠を発見しなければなりませんね」

「言うまでもない。もし、新たな証拠を発見できなければ、われわれの黒星だ」

「無罪判決が出るってことでしょうか？」

「残念ながら、そうなるよな」

「ちょっと待ってくださいよ、検事さん。次回公判期日をいつ頃にするのか、その点は裁判所の胸三寸《むねさんずん》にあるわけでしょう?」

「そうだ。とは言っても、弁護人なり、われわれの側から期日指定の申し立てをすることも可能だ。もっとも、公判期日の指定は裁判所が職権でおこなうわけだから、申し立てどおりに期日を指定してくれるか、どうかは保証できない」

「そうなりますと、公判が長引く可能性がありますよね。それにともなって、被告人の勾《こう》留《りゅう》も長引くことでしょうから、裁判所としては、弁護人の申請があれば、その時点で被告人の保釈を許すんじゃないでしょうか?」

「わしが頭を痛めておるのは、そのことだわね」

「わかりますよ、検事さん。殺人事件なのに、被告人を保釈するなんてことは、滅多《めった》にないことですからね」

「まさに、その滅多にないことが、この先、現実のものとなる可能性が濃厚になってきたわけだ。公判期日が指定されないまま、被告人の勾留がつづくと、裁判所としてはだよ、弁護人から強い圧力がかかった場合、やむなく保釈を許すことになるやもしれん」

「逃亡の可能性がありますね、検事さん。出雲路絢子にしてみても、釈放されたなら、これ幸いとばかりに海外へでも逃亡を謀《はか》るんじゃないでしょうか?」

「だから頭を痛めておるんだわね。何よりも、彼女には金があるでよぉ」

「逃亡資金には困らない。こういうわけですか？」

「そうだ。ええかね？　もし、彼女が保釈になった場合、われわれとしては、彼女の監視を強める必要があるわね」

「そうなると、こいつは、たいへんですよ。新たな証拠を発見するためには捜査員を増員しなければなりませんし、その一方では、保釈後における彼女の監視体制を強化するためにも、人手も必要ですから、わたしの一存では無理です。最高責任者の刑事部長に掛け合ってみなければなりません。もしかすると、刑事部長のレベルではどうにもならず、本部長に直談判《じかだんぱん》することになるかもしれません」

「うむ。その場合、わしの助力が必要なら、遠慮なく言ってちょうよ」

「そのときは、お願いします」

溝口警部は、深刻そうに額《ひたい》に皺《しわ》を寄せながら思案している。

行天燎子警部補が口をはさんだ。

「検事さん。こういう事態になったのは、やはり、佐久間正彦の証言が、物を言っているんでしょうね？」

「だろうな。裁判所としても、佐久間証言の信憑性を全面的に認めているわけでもないんだろうけど、その反面、端《はな》から否定することもできない。どちらつかずの宙に浮いたような心証《しんしょう》なんだろう」

「だから、訴訟指揮だって、宙ぶらりんの曖昧《あいまい》な決定を下すよりほかなかったんでしょうね。次回公判期日は追って指定するなんて……」

「民事裁判では、よくあることだ。しかし、刑事裁判では、珍しい。勾留されている被告人の人権にもかかわることだからよぉ」

「そこで、被告人を保釈すれば、その問題は解消する。そういう考え方でしょうか？」

「なかなか鋭いなも。まさに、そのとおりだ」

「検事さん。今日の公判を傍聴していて、ふと感じたことですけど、出雲路絢子は、明らかに嘘《うそ》をついていますわよ。例えば、例の別荘の売却についてですが、実のところ、彼女は強く反対していたんです。これには、有力な証人がおりましてね」

「証人だって？」

「はい。先日、捜査員を東京へ派遣し、『東邦不動産』の役員から事情を聞かせたんです」

「『東邦不動産』と言えば、例の別荘の買主だなも」

「はい。そもそも『東邦不動産』としては、あの当時、ほんとに別荘を買うつもりだったのか、どうか、捜査員に探りを入れさせたんです。その結果、『東邦不動産』の意向は、こうだったんです。とりあえず、出雲路史朗と会ったうえで、売買価格が引き合えば、契約するつもりだったと副社長の蔭山満《かげやまみつる》が打ち明けてくれたそうですわ」

「うむ。どういう会社だね？　『東邦不動産』というのはよぉ」

「池袋に本店がありまして、首都圏では、ちょっと名の通った不動産業者なんです。株式会社組織で、株式を店頭公開しています。いずれは、東京の第二部市場へ株式を上場《じょうじょう》するそうです」

「ほう。中小企業ながらも、一応、筋の通った不動産会社なんだな」

「そのようですわ。とにかく蔭山満に面会し、事情を聴取した捜査員は、その場で参考人調書を作成し、昨夜、持ち帰ってきました」

「参考人調書の内容は、どんなふうだね？」

「少しは手がかりになるかもしれませんわよ。と言いますのは、売主側の出雲路史朗と事前に電話で連絡をとり合っていたんですけど、それによりますと、あれは会社の裏金から買ったものだから、実質的には『出雲路建設』の所有だが、所有名義人である妻の絢子が売却に反対し、実印をどこかへ隠してしまったので困っていると、そんなふうなことを出雲路史朗が副社長の蔭山満に言っていたそうです」

「そいつは上出来だ。今日の被告人質問でよぉ、出雲路絢子が供述した内容に嘘が含まれているってことが証明できるでよぉ」

「そう思って、ここへ持参してきたんですのよ」

と行天燎子警部補は、書類ケースのなかから、その参考人調書を取り出し、赤かぶ検事のデスクの上に置く。

赤かぶ検事は、それを手にして頁《ページ》を繰りはじめた。

「ほう。なかなか、よくできておるなも」

その調書を読み進むにつれて、赤かぶ検事は、惜しみなく、称賛の言葉をもらした。

4

赤かぶ検事の予想どおり、出雲路絢子は保釈された。

溝口警部の報告によれば、保釈後、彼女は上賀茂《かみがも》の邸宅を売り払い、その代金を借金の弁済《べんさい》にあてたという。

とは言っても、巨額の債務《さいむ》を抱え、事実上、倒産状態にある「出雲路建設」の負債の大部分は残されたままである。

「上賀茂の邸宅は、いくらで売却したんだね?」

赤かぶ検事は、その後の経過を報告するためにあらわれた溝口警部にたずねた。

「さんざん買い叩《たた》かれたらしく、三億六千万円で手放したんですよ」

溝口警部は、捜査ノートに視線を落としながら答える。

「うむ。何しろ不動産の価格が著《いちじる》しく下落しておるからな。『出雲路建設』が抱える巨額の負債にくらべると、そんなのは焼け石に水だろう」

「そうなんですよ。負債総額は六十二億円。一方、『出雲路建設』名義の資産は三十八億円ですから、差引《さしひき》二十四億円が回収不能の状態です」

「債権者《さいけんしゃ》らは、どうするつもりだろう？　二十四億円の未回収債権は、あきらめるよりほかあるまい？」

「そのようですね。出雲路絢子としては、それ以上の犠牲は払えないと、湖山弁護士を通じて、債権者連中に通告したとか……」

「しかし、債権者らは承知せんだろう？」

「承知するも、しないもありませんよ。六十二億円は、すべて『出雲路建設』の負債であり、出雲路絢子個人の借金ではないんですから、『これ以上どうにもなりません』と開き直られたら、債権者としては、打つ手がありません。何よりも、上賀茂の邸宅は、出雲路史朗の所有物件で、もともと借金の担保《たんぽ》として抵当権が設定されていましたから、これは、当然に債務の弁済にあてるべきでしょう。だけど、中禅寺湖畔の別荘は出雲路絢子の名義になっており、会社の債務の担保にもなっていませんので、債権者としては、手が出せないんです」

「うむ。彼女の名義になっている一億八千万円の預金にしてもだよ、『あれはわたしの預金だから、会社の借金とは関係ないわ』と彼女に突っぱねられたら、債権者としては、それまでのことだでな」

「そうです。そうなることがわかっていたからこそ、債権者らは、生前の出雲路史朗に圧力をかけ、何としてでも妻の絢子を説得して別荘を売却させ、せめて巨額の債務の一部にでも充当するように画策《かくさく》していたわけですよ」

「ところが、出雲路史朗が死んだために、その計画が挫折《ざせつ》した。別荘だけではなく、彼女名義の一億八千万円の預金にしてみても同様だ」

「おっしゃるとおりです。出雲路絢子にしてみれば、自分の資産を確保するためには、出雲路史朗に生きていてもらっては困るわけです。それが、今回の殺人事件の動機ですよ。要するに、出雲路絢子は、もっぱら自分の財産を確保したいがために、夫を殺害したんです」

「うむ。おそらく共犯者がおるはずだが、いまだにウロコを見せん。困ったことだ。いや、ここだけの話だがよぉ。本来、証拠固めが不充分であるにもかかわらず、出雲路絢子の起訴を急いだために、そのツケが、いま頃わしたちにおっかぶさってきた。いまさら鈴木検事のことを悪く言いたくはないが、こちとらは不充分な捜査のとばっちりを受け、泥をかぶって苦吟《くぎん》しておるわけだ」

「わかっていますよ。柊《ひいらぎ》検事さんが愚痴《ぐち》を言うのは滅多《めった》にないことなのに、今回の事件については、どうやら気持ちが納まらないらしいですね」

「もう、その話はやめよう。いまからでも遅くないから、全力をあげ、何が真実であったか、徹底的に暴《あば》き出すことだわね」

「もちろん、その方針です。今日だって、行天燎子警部補らのチームが情報収集に走りまわっているんです」

「その調子で頑張ってちょうよ。それから、もう一つ、出雲路絢子の行動を常にチェックせにゃぁならんでよぉ」

「それは、わたしのチームの担当でしてね。報告によりますと、出雲路絢子は、たった一人、ひっそりと慎《つつ》ましやかに暮らしている模様です」

「待ちなよ。上賀茂の邸宅を売り払った後、どこで彼女は暮らしておるんだね？」

「紫野《むらさきの》の賃貸マンションが彼女の住まいです。間取りは３ＬＤＫ。一人暮らしですから、ちょっと贅沢《ぜいたく》ですよね」

「結構な身分ではにゃぁがね。夫の会社が倒産し、いまは未亡人だというのによぉ」

「暮らし向きは、何の不自由もないようです。買い物に出かける以外は、ほとんど部屋に引きこもったままらしいですが……」

「うむ。保釈中の身であることを考え、人目につかないようにしておるんだろう」

「たぶん、そうでしょう。本来、派手好きな性格なのに、このさいですから自重《じちょう》しているんです」

溝口警部が、そう言ったとき、電話が鳴った。

赤かぶ検事が受話器をあげると、行天燎子警部補の切羽詰《せっぱ》まった声が響く。

「検事さん。そちらに、溝口警部がお邪魔していると思うんですけど、電話を代わっていただけませんでしょうか？」

「わかった」

と赤かぶ検事は、口早に答え、受話器を溝口警部に渡してやって、

「行天燎子警部補だ。おみやぁさんに話したいことがあるとよぉ。何かあったらしい。ひどく慌《あわ》てておるようだから……」

「いったい、何があったんでしょうね」

と溝口警部は、眉《まゆ》をくもらせながら受話器を取った。

電話を聞いている溝口警部の表情が、見る見るうちに険しくなった。

やがて、溝口警部は、電話線の向うの行天燎子を待たせておいて、赤かぶ検事を振り向くと、

「検事さん。たいへんなことになりましたよ。行天燎子警部補の報告によると、出雲路絢子が紫野のマンションから姿を消したらしいんです」

「逃亡しやがったのか……」

赤かぶ検事は愕然《がくぜん》とした。

溝口警部は、申しわけなさそうな顔をして、

「われわれの責任です。とにかく、わたしは、これから現場へ飛びますので……これまでに入った情報は、一応、行天燎子警部補が掌握《しょうあく》している模様ですから、直接、彼女から聞いていただきたいんです。わたしは、これでお暇《いとま》しなければなりませんので……」

言うが早いか、溝口警部は受話器を赤かぶ検事に渡しておいて、気忙《きぜわ》しく執務室を出て行く。

赤かぶ検事は、受話器を手にすると、行天燎子警部補に言った。

「柊だわね。電話を代わったでよぉ。出雲路絢子が逃亡したとか……」

「そうなんです。わたしも、つい先程、出先から戻ったばかりで、目下《もっか》、情報を整理している最中なんです」

「そのようだなも。何だか知らないが、ざわざわした物音が受話器に伝わってくるわね」

「みんな、てんてこ舞いしているんです。情報は、主として上鴨《かみがも》警察署を通じて入ってくるんですが、警察本部の捜査員も現場へ出向いていましてね。情報が混乱しているんです」

「それでよぉ。出雲路絢子は、いつ、姿を消したんだね?」

「それがわからなくて……いま、聞き込みにまわっているところなんです」

「いつ、姿を消したのかわからないなんて、いったい、どういうことだね?　紫野のマンションとやらを見張っておったのと違うのかね?」

「もちろん、マンションは監視下に置いていました。上鴨警察署の捜査員が二十四時間態勢で見張っていたんですから……。警察本部からも応援を出していますしね」

「にもかかわらず、逃げられたとは、ドジな話だなも」

「ほんとに、申しわけありません。姿を消したのは、たぶん、昨夜のうちではないかと思うんですが、それもよくわからないんです」

「そいつは難儀《なんぎ》だ」

「とりあえず、事件の概要《がいよう》をお話ししますと、こういうことなんです。いまから一時間前だと言いますから、午後一時半頃ですわね。今朝、交代した監視要員が何とはなしに、彼女の部屋の様子がおかしいと気づきましてね。いつもなら、道路側に面した窓のカーテンの向こうに人影が揺らめくとか、ガラス窓を開けて部屋の空気を入れ換えるとか、そういう動きがあるはずなんです。ところが、まったく、その気配がなく、部屋のなかに誰もいないのではないかと疑いはじめました」

「ちょっと待ちなよ。監視しておった場所は、道路上かね？」

「はい。道路わきの空地に車を止め、そのなかから双眼鏡で監視していたわけです。そこからだと、彼女が外出したりすると、すぐにわかるんです。マンションの玄関が見通しになりますから……入居者専用の駐車場も玄関先にありますしね」

「裏口は？」

「裏側は、山というか、小高い丘になっています。そこからは道路上へは出られません。樹木も茂っていますし……」

「ところが、その虚《きよ》を衝《つ》いて、裏山を登って逃げやがったんだろう？」

「はい。それしか、ほかに考えられないそうですから……」

「なぜ、裏山を監視下に置かなかったんだね？」

「まさか裏山の急斜面を攀《よ》じ登り、逃げ出すなんて、そういう想定はしていなかったみたいです」

「呆《あき》れた話だなも。本気で逃げる気なら、危険な離《はな》れ業《わざ》も平気でやるもんだ。警備が厳重な拘置所《こうちしよ》から逃亡するやつだっておるんだからよぉ」

「そうですわね。何はともあれ、わたしたちの責任です」

「いまさら、責任問題をうんぬんしてもはじまらんわね。わしが知りたいのはよぉ、逃亡先だ。そいつを早く突きとめないと……」

「わかっています。間もなく溝口警部が現場へ飛び、指揮をとりますし、捜査員も増員されます。その段階にならないと、詳しい事情はわからないんです。こういうとき、やはり、一にも二にも聞き込みですから……」

「それ、それ。例えば、彼女の姿を見た目撃者がいないか、知人なんかに電話をしていないか、そこらへんの事情を詳細に調べあげることだ」

「はい。彼女のマイカーも、車庫に入ったままなんです。ですから昨夜のうちに逃亡したのなら、車を用意して彼女の逃亡をサポートした共犯者がいたんじゃないかと思われる状況です」

「マイカーを置きっ放しにしておるわけか？　ＢＭＷだとか言っておったなも」

「そうです。彼女のＢＭＷがマンション前の駐車場にずっと止めてあったものですから、見張りについている捜査員たちにしてみても、てっきり彼女が部屋にいるものとばかり思い込んでいたんです」

「なるほど。まんまと彼女の罠《わな》にはめられたわけだ。いずれにしろ、マイカーを使っていないとすれば、いま言ったように、共犯者が、どこかで彼女を待っていたか、それともタクシーを拾ったか、そんなところだろう」

タクシー会社のほうは、いま照会中です」

「それから、彼女の逃亡を手引きした共犯者の車なんかが付近に止められていなかったか。この関係の聞き込みも重要だわね」

「心得ています。溝口警部にも、そのことを伝えますわ」

「ところで、マンションの部屋の様子は、どうなんだろう？」

「現場から入った情報によりますと、出雲路絢子が持ち出したのは、ほんの身のまわり品に限られているそうです。あとは、全部、部屋に残されたままだとか……」

「すると、逃亡したのではなく、債権者の追及をかわすべく、一時《いちじ》、どこかへ身を隠したのかもしれんな」

「もし、そうだったのなら、少なくとも検察庁へは連絡すべきですわね」

「同感だ。保釈中の身なんだから、勝手に居所を変えることはできない。長期の旅行も事前に裁判所の許可を求めなければならないことになっておる。それが保釈の条件だでな」

「結局、彼女は保釈の条件を守らずに、マンションから姿を消したわけですわね。そうなりますと、どういう措置《そち》がとれるんでしょうか？　彼女を見つけ次第、逮捕してもいいわけでしょう？」

「発見したら、身柄《みがら》を拘束《こうそく》することはできるが、それは逮捕ではない。とりあえず、わしとしては、裁判所あてに、彼女の保釈の取り消しを申請するでよぉ」

「その結果、保釈が取り消されたら、彼女の身柄を拘束してもいいわけですね？」

「わしが彼女の収監状《しゅうかんじょう》を発するでよぉ。それを彼女に示して、身柄を拘束するのが正しい手続きだ」

「それをお願いしたいんです。ただちに……」

「わかっておる。この電話を切ったら、事務官に命じて、その手続きをとらせるでよぉ。たぶん、二時間以内に、すべての手続きが終わるだろう。いずれにしろ、ここで、おみやあさんと長電話をしておってもどうにもならん」

「はい。わたしも、これから現場へ飛びますわ。詳しい事情がわかれば、また電話を入れますので……」

では、これでと断って、行天燎子は電話を切った。

5

その後の事件の経過を知りたいと思って、赤かぶ検事は、退庁時間が過ぎても帰宅しないで仕事をつづけた。

別件の記録を読んだり、証拠物を検証し直すなどして時間をつぶし、京都府警からの連絡を待っていたのである。

夜食のつもりで、鰻《うなぎ》どんぶりを食べ終わり、お茶を飲んでいるときに、溝口警部から電話があった。

時刻は、午後九時になろうとしている。

「検事さん。お待たせしました。おぼろげながら、およその事情がわかってきましたので、これから、そちらへうかがうつもりですが、ご都合はよろしいでしょうか?」

「ええとも。鶴首《かくしゅ》して待っておったんだ」

「鶴首ですって? ずいぶん大時代的じゃありませんか。とにかく、大急ぎで参上《さんじょう》します」

「その参上なんていうのもカビが生えかけておる用語ではにゃぁがね。もっとも、ガラクタみたいな骨董品《こっとう》が珍重される時勢ではあるがよぉ」

赤かぶ検事は、笑いながら受話器を置く。

十分もたたないうちに、溝口警部があらわれた。

京都府警本部は、検察庁とは目と鼻の先だ。

赤かぶ検事は、溝口警部の渋紙面《しぶかみづら》の顔を見た途端《とたん》に、鰻どんぶりのタレを思い出して、

「溝口警部。夕飯を食《く》ったかね？　よければ、例の鰻どんぶりを取り寄せるがよぉ。わしは、いましがた食ったばかりなんだわね」

「いやなことを言いますね、検事さん。わたしの顔を見て、いきなり鰻どんぶりを思い出すなんて、何だかヘンですよ。まあ、いいでしょう。夕飯は、ちゃんと食っていますから、心配ご無用です。そんなことより、事件の報告をしないと……」

気づいているのか、いないのか、溝口警部は、けろりとした顔つきで捜査ノートを開きながら、

「出雲路絢子の逃亡経路は、ほぼ判明しました。マンションの裏山を登り、けもの道をたどって大通りへ出たんですよ」

「足跡でも残されておったのかね？」

「いや、足跡は見つかりませんが、灌木《かんぼく》の茂みを踏みつけた跡がありました」

「問題の逃亡ルートだがよぉ。見張りについておった捜査員には、事前に予測できなかったのかね？」

「まさか、女性が一人でですよ、しかも夜間に、道なき道を踏みわけながら山越えをして逃亡するなんて、われわれにしてみれば計算外でした。面目《めんぼく》次第《しだい》もありませんよ、検事さん」

「面目を失ったついでに聞いておくが、彼女のマンションから裏山へ出るには、どういうルートがあるんだね？」

「簡単なんですよ。マンションの裏口から、高さ二メートルばかりのブロック塀を越えれば、裏山です。たぶん、出雲路絢子は、ハイキングスタイルの軽装でブロック塀を乗り越えたんでしょう。所持品も、せいぜいリュック一つを背負っていた程度ではなかったかと思われます。部屋に残された品々から推測がつくんですよ」

「そのことだがよぉ。どういうものを持ち出しておるのか、調べてみたかね？」

「ひと通り、彼女の部屋を捜索しましたが、たいしたものは持ち出していない様子です」

「例えば？」

「これも推測ですが、現金とか化粧品、当座の衣類などでしょう」

「派手好きだった出雲路絢子のことだから、宝石や貴金属品類を持ち出したのではにゃぁがね？」

「そうです。目ぼしい宝石や貴金属類は、まったくと言っていいくらい残されていません。われわれが見つけたのは、せいぜい模造《もぞう》真珠のネックレスとか、その程度のものです」

「ほかには？」

「住所録や電話メモなんかを押収《おうしゅう》し、目下《もっか》、分析させているところです。逃亡先を突きとめる手がかりになるんじゃないかと思いましてね」

「うむ。ところで、彼女がマンションを抜け出したのは、やはり、昨夜かね？」

「そのはずですが、これまでの聞き込みの結果によれば、彼女の姿は目撃されていませんし
「夜間のことだったなら、目撃者を見つけるのは無理だろうけど、タクシーを拾ったのなら、運転手が彼女の顔をおぼえておるかもしれん」

「タクシー会社については、明日も引きつづいて聞き込みをやらせますが、これまでのところでは、手がかりなしです」

「うむ。タクシーを拾ったにしても、いちいち運転手が顔までおぼえておるとは限らんでな。とりわけ、彼女が変装に気を配っておれば、なおのことだ。それから、不審車両の聞き込みは、どうなった？」

「やはり、情報は入っていません。察《さつ》するところ、裏山を越え、大通りへ出たあたりに共

犯者の車が待機していたのではないかという想定のもとに、聞き込みをやっている最中です」

「こんなことを言うのは水を差すようでよくないが、わしの意見としては、共犯者にしてみても、通行人の注意を引くような車の止め方はしておらんだろう。となると、こっちのほうも手がかりなしということに……」

「その覚悟はしていますが、やるだけのことはやってみないと……」

「もっともなことだ。夜間の大通りともなれば、違法駐車の車は珍しくないから、ほとんど人の注意を引かないだろうが、やるだけのことは、やらなきゃならんのだから、おみやぁさんたちにしてみても、苦労が多いよな」

「お言葉、恐れ入ります」

と溝口警部は、冗談めいた笑いを浮かべながら、

「それはそうと、重大な事実が暴露されましてね。何だと思われます？」

「彼女名義の預金のことかね？　その預金が引き出されておったとか……」

「さすがですね。そのとおりなんですよ」

「やはり、わしも、それが気になっておったんだわね。確か、一億八千万円だったよな」

「そうです。彼女が預金を引き出しにきたのは、今朝の午前十時頃だったそうです。銀行の支店長が、そう言っているんですから、間違いありません」

「それじゃ、おみやぁさんたちが彼女の逃亡に気づいたときには、すでに、その一億八千万円が引き出された後だった。こういうことかね？」

「遺憾《いかん》ながら、それが事実なんですよ。一億八千万円と利息を現金で引き出して持ち去っているんです」

「ものの見事に出し抜かれたわけだなも」

「そうなんです。彼女が逃亡したとき、間髪《かんはつ》を入れず、銀行の支店長に連絡を入れたんですけど、あとの祭りでした」

「それにしてもだよ、一億八千万円もの現金を引き出すとなれば、銀行にしてみても、一応、翻意《ほんい》をうながすのではにやぁがね？」

「言うまでもありません。支店長みずから彼女に会い、意思を確かめたそうです。どういう用途にお使いになるんですかとか、いろいろとね」

「彼女は、どう答えた？」

「答えるも何も、ぴしゃりと釘《くぎ》を刺されたそうですよ。『預金するときは大喜びしたくせに、引き出すとなれば、なぜ、そんな渋い顔をするの？　だから銀行にお金を預けたくないのよ』なんてね。これには、さすがの支店長も一本やられましたよと苦笑いしていました」

「彼女はよぉ、それだけの現金を一人で持ち去ったのかね？」

「ハイヤーを呼んでくれと彼女が言うので、いつも支店で使っているハイヤー専門の個人タクシーを呼び、バッグ二つに詰めた現金を二人の行員に手伝わせて車の座席に載《の》せ、送り出しています」

「それじゃ、行き先はわかるだろう？」

「その行き先ですがね。驚いたことに、弁護士の湖山彬《こやまあきら》の事務所だったんです」

「こいつは驚いた。湖山弁護士が一枚、噛《か》んでおったのかね？」

「いや、そうとばかりは言えないんです。彼が、どこまで事情を知っていたか、われわれにはわかっていないんですから、闇雲《やみくも》に嫌疑《けんぎ》をかけるわけにはいきませんからね」

「もちろん、おみやぁさんの言うとおりだが、ハイヤーは、どうしたんだろう？　事務所前で待たせてあったのかね？」

「いいえ。事務所前で乗り捨てています」

「二人の行員は？」

「行員は、二つのバッグをハイヤーに載せただけで、同行はしていません。支店前でハイヤーを見送っただけですよ」

「それでよぉ、湖山弁護士に会って事情を聞いたかね？」

「聞きました。湖山弁護士は、思いのほか協力的でしてね。いや、ほんとのところは、われわれが出し抜かれたのを腹の底で嘲笑《あざわら》っていたのかもしれませんがね」

「だから協力したんだろう。とにかく、湖山弁護士から、どの程度の情報を入手したんだね？」

「中禅寺湖畔の別荘の売却代金のことなんですよ。その金を彼女が取りにきたんだと……」

「何だって？　あの別荘を売却しやがったのか？」

「そうなんです。九月七日付で売却代金全額が湖山弁護士の口座へ振り込まれているんですよ」

「それじゃ、湖山弁護士が売却の手続きを引き受けたのかね？」

「そうです。他人の不動産を売却するにさいして、その代理人をつとめるのは、弁護士として、ごく普通の仕事ですよね」

「そりゃ、まあ、そうだろうけど……」

赤かぶ検事は絶句した。

溝口警部は言った。

「わたしも、話を聞いて頭にきたんですけど、口には出せませんしね。なぜ、事前に警察へ知らせてくれなかったのかと言いたいところですが、いまとなっては愚痴《ぐち》にすぎませんし」

「何しろ、湖山弁護士は、出雲路絢子の弁護人なんだからよぉ。彼女に不利なことを警察に通報できるわけがない。それでよぉ、別荘の売買契約は、すべて履行《りこう》されておるわけだなも？」

「そうです。登記手続きもすんでいます」

「買主は？」

「『東邦不動産』ですよ」

「なんと恐れ入った話だなも。『東邦不動産』の蔭山とかいう副社長はよぉ、妻の出雲路絢子が別荘の売却を拒んでおるってことを聞いていたはずだが……蔭山の参考人調書によれば、そうなっておる。にもかかわらず、突如として売買契約が成立したのは、どういうわけだね？」

「そこらあたりの事情を、湖山弁護士に問いただしたんですが、ノーコメントです。弁護士には守秘義務があるから、答えられないって……」

「なるほど。そういう言い方をされると、反論の余地はないわね」

「まったく、悔しいかぎりです。おそらく、出雲路絢子に頼まれて、『東邦不動産』と交渉し、いち早く契約を成立させたうえで、間髪《かんはつ》を入れずに代金の授受と登記手続きを完了させたんでしょう。言うなれば、われわれを出し抜くための電撃作戦じゃないでしょうかね？」

「そんなところだろう。いったい、いくらで売却したんだ？」

「二億四千万円だそうですよ」

「確か、時価二億五千万円だとか聞いておったがよぉ」

「ですから、一千万円ばかり値切られているんです。売り急いだために、足元を見られたのかもしれません」

「それについて、湖山弁護士は何か言っておったかね？」

「いいえ。売り急いだとか、値切られたとか、そんなことは一切、口にしません。公正な価格だと思うと、そのひと言だけです」

「そりゃ、まあな。一千万円くらい値切られたところで、出雲路絢子にしてみれば、現金さえ手に入れれば、それでええんだから……逃亡資金には困らないわけだ」

「そのことですがね。湖山弁護士は、まさか彼女が逃亡するつもりだったとは、想像もしていなかったなんて……どう思います？　検事さん……」

「ぬけぬけと、よくも言えたもんだわね。さすが腕利きの弁護士だけに、面《つら》の皮が厚い。その調子なら、真っ黒なものでも、真っ白だと平然と主張するんだろう。いまどきの弁護士は、猛者《もさ》が多いからな。その点では、おみやぁさんたち刑事に引けをとらんわね」

「おや、刑事を引き合いに出さなくてもいいんじゃありませんか？　それより、検事を引き合いに出したほうが、ぴったりだと思うんですけどね」

「いや、こんなときに、くだらない冗談はよそう。いずれにしても、別荘が売却されたとわかったなら、債権者連中が大騒ぎするだろう。とりわけ、出雲路絢子が売却代金を持って雲隠《くもがく》れしたと明るみに出たら、それこそ湖山弁護士が債権者の攻撃の標的になる」

「湖山弁護士自身も、そう言っていましたよ。債権者が怒り出すだろうって……」

「たぶん、湖山弁護士は、出雲路絢子のために泥をかぶるつもりでおるんだろう。押しかけてくる債権者を敵にまわし、防戦するつもりでおるんだわね。それくらいのことができなければ、いまどきの弁護士はつとまらんでよぉ」

「なるほど。世の中が世知辛《せちがら》くなっていますからね。弁護士稼業も殿様芸ではやっていけないんでしょう。野武士の強《したた》かさがないとね」

「話は変わるが、湖山弁護士はよぉ、彼女の逃亡先も知らないと、そう言ったんじゃないのか？」

「お察しのとおりです。別荘の売却代金が二億四千万円。それから、引き出した預金が一億八千万円ですからね。合計四億二千万円に達するわけです。それだけの現金を彼女が手にして、湖山弁護士の事務所を出たらしいんですが、その後の足どりがまったくつかめないんですよ」

「弁護士事務所を出た時刻はわかっておるのかね？」

「午前十一時半頃だったというんですけど、裏づけはありません」

「うむ。湖山弁護士がマイカーで彼女をどこかへ送りとどけたなんてことはにゃぁがね？」

「湖山弁護士は否認しています。あるいは、共犯者が事務所まで迎えにきたのかもしれませんよ」

「事務所の近くに共犯者が待機しておった可能性もあるでよぉ。いずれにしろ、湖山弁護士がだよ、保釈中の彼女の逃亡を手助けするとは思えん」

「そうでしょうか？　それくらいのことはやりかねませんよ、湖山弁護士なら……」

「それは違う。湖山弁護士は利口《りこう》な男だから、危ない橋は渡らないだろう。弁護士業務として正当化されるギリギリのところまでは踏み込むだろうけど、最後の一線は越えないはずだ」

「そうしますと、やはり、事務所の近くに共犯者が車を止めて待っていた可能性が大ですね」

「うむ。明日から、早速、その関係の聞き込みをやってみることだ。湖山弁護士の事務所の近辺に不審車が止まっていなかったか、どうか」

「わかりました。こうも考えられませんかね？　その共犯者がですよ、湖山弁護士の事務所をたずね、現金を運び出す手伝いをしたとか……」

「そうなると、湖山弁護士はよぉ、共犯者の顔を見ておったことになる。あるいは、湖山弁護士にとっては馴染《なじ》みの顔だったのかもしれん」

「検事さん。馴染みの顔だったなんて、どういうことです？　共犯者の目星《めぼし》がついているんですか？」

「まあな。わしが思うに、出雲路絢子の共犯者は、死んだはずの出雲路史朗自身ではなかったかと、そんな気がしてならんのだ」

「ほう。検事さんは、やはり、佐久間正彦の証言を信じておられるんですか？　彼が目撃したという出雲路史朗らしい人物は、正真正銘《しょうしんしょうめい》の出雲路史朗だったのに違いないと……」

「そうかもしれないと言っておるまでだ。あくまでも、わしの推理だでな」

「ちょっと待ってくださいよ、検事さん。その推理だと、『第一いろは坂』の『む』地点から転落死したのは、何者だったんです？　出雲路史朗でなかったとすれば……」

「わしにわかるわけもないだろう。そこらあたりのことは、おみやぁさんたちの仕事だ」

「おや、われわれに下駄《げた》を預けるつもりですか？」

「下駄が気に食わんのなら、この靴ならどうだね？」

と赤かぶ検事は、短靴を履《は》いたままの片足をドンと机の上に載せた。

馬鹿馬鹿しいと、溝口警部は顔をしかめながら、

「検事さん。真面目な話をしましょう。検事さんの推理に従えば、出雲路史朗は生存していることになるわけですが、そうなると、いくつかの疑問が残ります。とりわけ、決定的

なのは、血液型と義歯ですよ」

「黒こげの死体の血液型と義歯のことを言っておるのかね?」

「そうです。もっとも、血液型はA型だといいますから、この点は、さほど重要ではないかもしれませんよね。だって、A型は出雲路史朗に限らないでしょうから……日本人に多い血液型です」

「だから、何だと言うんだね?」

「問題は、二本の義歯ですよ」

「金冠の義歯だと出雲路絢子は言っておったなも」

「それです。下の奥歯の二本です。本人から見て左側だと彼女は供述していましたよ」

「大阪の歯科医に治療してもらったらしいが、自分は知らないとも彼女は供述しておったなも」

「その点は、一応、問い合わせてあるんです。大阪の歯科医師会を通じてね。しかし、目下《もっか》のところ、回答はきていません」

「大阪というのは、口から出まかせだろう? むしろ、京都か、奈良、神戸あたりかもしれん。あるいは、滋賀県下とか……東京だったなんてこともあるだろうしよぉ」

「検事さん。やめてくださいよ。そうも片っ端《かたぱし》から調べまわるわけにはいかないんですから……」

「それぞれの歯科医師会を通じて照会すればええだろう?」

「その程度のことなら簡単ですけど、大阪の例でもわかるように、なかなか協力してくれないんです。いや、歯科医師会のほうは協力してくれても、照会の書面を受け取った歯科医のほうが忙しくて、いちいちチェックしていられないらしいんです」

「それは言える。個々の歯科医にだよ、全面的に捜査に協力しろとまでは強制できない。あくまでも各人の良心の問題なんだからな」

赤かぶ検事は、溝口警部と顔を見合わせながら、溜《た》め息を洩《も》らす。

第四章　二重の危険

1

翌朝、赤かぶ検事は、上級庁の大阪高等検察庁へ出かけた。

ある控訴《こうそ》事件について、担当検事に呼ばれ、第一審における公判の経過について説明を求められたのだ。

用をすませ、京都地方検察庁の執務室へ戻ったのは、午後四時過ぎ。

デスクの上を見ると、電話メモが置いてあり、行天燎子《ぎょうてんりょうこ》警部補から、たびたび電話があったという事務官のメッセージが書き込まれている。

たぶん、出雲路絢子《いずもじあやこ》の件だろうと思いながら、京都府警本部の刑事部へ連絡をとったが、彼女は不在だという。

溝口警部も出払っているらしい。

とにかく、戻り次第、電話を入れてくれるように刑事部の受付に頼んでおいて、受話器を置いた。

それから十分後に、行天燎子警部補が移動式電話で連絡してきた。

「どうした？ 溝口警部までが現場へ飛んだというではにゃぁがね？」

「検事さん。実を言いますと、出雲路絢子の絞殺《こうさつ》死体が発見されたんです」

「何だって？……出雲路絢子が……」

赤かぶ検事は、返す言葉を失い、茫然《ぼうぜん》とした。

せっかく、事件の本筋らしいものを摑《つか》んだと思った矢先に、事件の中心人物とみられる出雲路絢子が殺害されたとなれば、真相の究明は、ますます困難になる。

赤かぶ検事は言った。

「それでよぉ、発見された場所は？」

「鴨川《かもがわ》左岸の堤防です。上賀茂《かみがも》神社の近くなんです」

「あの付近だと、昼間でも交通量が少ないところだなも」

「そうなんです。とりわけ夜間ともなれば、なおさらのことですわ」

「殺害されたのも、やはり夜間かね？」

「はい。検視《けんし》の結果によりますと、午後八時から十時頃までの間に殺害されたらしいんです」

「うむ。念のために、司法解剖に付する必要があるよな」

「今夜、司法解剖をおこないますが、いま申しました死亡推定時刻は、たぶん動かないと思いますわ」

「それでよぉ、死体が発見された時刻は？」

「今朝の七時頃です。付近の税理士が堤防をジョギング中に発見し、いったん家へ戻ってから、所轄《しょかつ》署へ電話をしてくれたんです。その税理士は、毎朝、その時刻には鴨川べりをジョギングするんだそうですわ」

「ジョギングなら、わしもやっておるでよぉ。毎朝、出勤前に、哲学の道をひとまわりすることにしておる」

「そのことなら奥さまからうかがいました。雨が降っていても、小雨程度なら欠かさずにジョギングしておられるとか。この調子だと、冬になって雪が降っても、やめないんじゃないかと奥さまも気を揉《も》んでおられましたわよ。雪のなかをジョギングして、もし、転んだりすると大変だって……入院でもされたら、奥さまが病院通いをしなければならず、そのうち、自分のほうがぶっ倒れちまうって……」

「そんなことを言っておったかね？　毎日、病院通いをすれば、春子にとっても運動になるだろうによぉ。多少とも体重も減るだろうし、春子の健康維持のためには、そのほうが好ましいわね」

「まあ。そんなことをおっしゃって……奥さまに言いつけますわよ」

「おみやぁさん。冗談を言っておる場合ではにゃぁでよぉ。出雲路絢子は絞殺されたと言ったが、凶器は見つかったかね？」

「いいえ。検視の結果によりますと、ビニール紐《ひも》のようなもので首を絞められたらしいんですけど、付近には見当たりません。もっとも、絞殺なら血痕《けっこん》が付着しているわけでもないでしょうから、どこかに捨てられていても、凶器かどうか、判別がつきませんわ」

「おみやぁさんの言うとおりだ。それに絞殺という手口はよぉ、極めて悪質で、被害者の虚《きょ》を衝《つ》いて目的を果たせるし、何よりも、手がかりを残す可能性が乏《とぼ》しい。要するに、警察泣かせだわね」

「とんでもありませんわ。それしきのことで泣いていたら、刑事はつとまりませんもの」

「その意気込みで捜査をつづけてちょうよ。ところで、遺留品《いりゅうひん》は見つかったかね？」

「はい。現場から百メートルばかり上流の川っぷちに着替えの衣類などが入ったバッグが見つかっています。たぶん、被害者が紫野《むらさきの》のマンションから逃げ出すときに持ち出した身のまわり品の一部だと思います。身のまわり品は、その程度のものだったはずですわ」

「それじゃ、死体の服装は？」

「銀行から一億八千万円の預金を引き出すときに身につけていた服装と同じなんです。カシミアのワンピースに、ブランド物の低い踵《かかと》の靴。アメリカ製の下着を着ていますが、これだって、たぶん、銀行へ出かけたときのまま着替えをしていないはずですわ」

「すると、湖山《こやま》弁護士の事務所をたずねたときの服装だなも。その点、確認をとったかね？」

「はい。溝口警部が湖山弁護士の事務所をたずね、確認しています」

「いずれにしろ、被害者の出雲路絢子はよぉ、自分の預金を引き出し、さらに別荘の売買代金を弁護士事務所で受け取った日の夜に絞殺されたわけだよな。そこらあたりの事情が今後の捜査のポイントだわね」

「同感です。いったい、彼女は、四億二千万円の現金をどうしたんでしょう？　これが最大の謎《なぞ》ですわ」

「彼女を殺害した犯人が奪い去ったとみていいだろう。現金のほかに、彼女は宝石や貴金属類を持ち出したはずだが、それも見つかっておらんのだろう？」

「はい。四億二千万円の現金と同様に、行方不明です。いずれにしろ、彼女は、紫野のマンションから姿を消した夜、どこかに泊まっているはずですわ。ところが、その宿泊先も、いまだに判明しないんです」

「それればかりか、さらに、その翌日、彼女は、午前十時頃に銀行にあらわれ、預金を引き出した。その足で湖山弁護士の事務所へおもむき、売買代金を受け取って以来、どうしたのか。これだって、まったく、足取りがつかめておらんのだろう？」

「そうなんです。しかも、その日の夜に絞殺され、翌朝になって鴨川左岸の堤防で死体が発見されたという経緯になるんです」

「察《さっ》するところ、犯人はよぉ、四億二千万円の現金と貴金属類を奪い取るために、彼女を殺害したとみていいだろう」

「それが犯行の動機の主要な部分を占めているんでしょうね」

「そのとおり。ほかにも動機はあるかもしれないが、犯人にとって、それが犯行の決定的な動機になったんだろう」

「検事さん。そうしますと、湖山弁護士もマークしなければなりませんわ」

「それは言える。何よりもだよ、出雲路絢子が四億二千万円の現金を手に入れたことを知っておるのは、湖山弁護士なんだからよぉ。そのことだけでも、一応、犯行の動機はあるとみてよさそうだ」

「はい。溝口警部も、その疑いを抱き、湖山弁護士の周辺を聞き込みの対象にするように指示を出しましたわ。もちろん、湖山弁護士本人に、もう一度、面会を求め、アリバイについて問いただすことになっています」

「それはええが、湖山弁護士を捜査の目標にするのなら、慎重のうえにも慎重を期するようにと溝口警部に言っておいてちょうよ。何しろ、相手は腕利きの弁護士だから、下手《へた》に突っつきまわすと、どえりやぁことになるでよぉ」

「そのむね伝えておきますわ。検事さん。いま報告できることは、この程度なんです。一両日もすれば、もう少し、詳しい状況がわかってくると思います。そのときに、あらためて溝口警部なり、わたしなりから報告いたしますから……」

「そうしてちょ。わかっておるとは思うが、無理をするなよ」

「何のことですか？　いつものことですが、捜査は慎重にやっているつもりですけど……」

「健康のことを言っておるんだ。このところ、かなり無理をしておるようだから、このさい、休暇をとる必要もあるわね」

「そのつもりでいますから、ご安心ください。では、これで……」

行天燎子は、歯切れのよい口調で答え、電話を切った。

2

翌々日、赤かぶ検事の執務室へやってきた溝口警部の表情は、ことのほか明るい。

「おや。ずいぶん、ご機嫌うるわしい顔つきだなも。どうやら、最高の情報《ネタ》を仕入れたらしい。違うかね？」

「そうなんですよ。実のところ、そいつを一刻も早く検事さんにご披露《ひろう》したい一心で、取るものも取りあえず駆けつけてきたんです」

「ほう。話半分だとしても、胸がわくわくしてくるわね。ぜひ、聞かせてちょうよ」

赤かぶ検事は、にやにやしながら溝口警部を眺めている。

「検事さん。本気にしていないみたいですね。まあ、いいですよ。さすがの検事さんも、わたしの話を聞けば、目を剝《む》いて飛びあがるでしょうから……」

溝口警部は、いたずらっぽい笑いを口元に浮かべながら、捜査ノートを繰っていたが、やがて、顔をあげると、

「例の金冠の義歯のことですよ。あれが誰のものか、ズバリ解答が出たんです」

「出雲路史朗《いずもじしろう》の義歯ではなかったわけか?」

「そうなんです。出雲路史朗は、虫歯なんか一本もないんです。義歯だって皆無なんですよ」

「どうしてわかる?」

「知人や同業者の間を綿密《めんみつ》に聞き込みにまわった結果、それがわかってきました。彼は、子供のころから、医師の世話になったことが一度もないんです。それに医者嫌いでしてね」

「それは聞いた。しかし、体が丈夫であることと、歯が丈夫であることとは、一応、区別せにゃぁならんでよぉ。その見本が、このわしだ。この年になるまで、病気一つしたこと

がなく、定期的な健康診断のほかには、医者の診察をうけてもいないし、薬ももらっておらん」

「その話なら、以前から聞いていますよ。体は丈夫でも、歯のほうが、いま一つよろしくないとか……」

「そうなんだわね。歯医者に言わせると、元来、歯のほうも丈夫なんだが、若い頃から歯の磨《みが》き方が下手くそで、手入れを怠《おこた》っていたツケが、いま頃まわってきたんだとよぉ。いまでは、残り少なくなった自分の歯を、後生大事《ごしょうだいじ》に守るべく、日夜、奮闘しておる。物を食《く》ったら、十五分以内に歯を磨くことにしておるんだわね」

「そこまでやっているんですか？　そいつは感心しました」

「若い頃から、ずっと、これをやっておれば、いま頃は、人も羨《うらや》むくらい美しい歯並みの持ち主になっておったろうな」

「それなんですよ、出雲路史朗の場合もね。親しい知人や取引先、同業者の間を聞き込みにまわっているうちに、このことがわかってきましてね。機会あるごとに、出雲路史朗は、これを自慢にしていたそうです」

「うむ。羨ましい男だなも」

　と赤かぶ検事は、沈痛な表情を見せる。

「検事さん。身につまされたような顔をしていますが、いまは、それどころじゃないんですからね。しっかりしてくださいよ」

「同感だ。例の金冠の義歯二本は、本人から見て下の左側の奥歯の義歯だと、妻の絢子が供述しておったが、あれは嘘《うそ》っぱちだなも」

「そうなんです。出雲路絢子はですね、『第一いろは坂』から転落死した黒こげの遺体は、間違いなく夫だと太鼓判《たいこばん》を押すような供述を警察でしているんですけど、真っ赤な偽《いつわ》りです。実を言うと、あの焼死体は、飯貝登《いいがいのぼる》、四十歳。誰あろう、『出雲路建設』の役員の一人だったんですよ」

「役付きではなく、平取締役だなも。その男のことは以前にも聞いたわね」

「そのはずですが、ここで、もう一度、復習しておきますと……『出雲路建設』の経営が悪化し、ほとんどの役員が掌《てのひら》を返したように会社から去ったり、酷《ひど》いのになると、会社の金をポケットにねじ込んだまま雲隠《くもがく》れしたり、そりゃ、もう、惨憺《さんたん》たる状態でした。そのなかで、ただ一人、飯貝登だけは、最後まで経営者の出雲路史朗に尽くしていたんですよ。役員報酬《ほうしゅう》さえも貰っていなかったのにね」

「忠犬ハチ公みたいな男だなも」

「まさに、その表現がぴったり当てはまる人物だったらしいんです」

「実に興味ある情報ではあるが、例の二本の義歯の主《ぬし》がだよ、忠犬ハチ公に間違いないと断言できるのかね？」

「それができるんですよ。検事さんの指示どおり、近畿《きんき》一円の歯科医師会を経由して、所属の歯科医を対象に、あらためて照会したところ、ズバリ回答がとどいたんです。何のことはありません。京都の街中に診療所のある歯科医が飯貝登の歯の治療をしていたんですよ。二年前のことです。下の左側の奥歯二本の虫歯を抜いて、金冠の義歯をはめているんです。カルテも見せてもらいましたよ。犯罪捜査に役立つならと言って、コピーまでくれたんです」

「灯台もと暗しというわけだなも」

「そうなんです。念には念を入れなければと、日光警察署に保管されている金冠の義歯二本を、至急、取り寄せ、その歯科医に確認を求めたところ、これに間違いないと太鼓判を押してくれましたよ」

「うむ。事態はいよいよ複雑化してきたなも。ついでに聞いておくが、血液型についてはどうだね？」

「それも確認しました。やはりA型です。この点は、出雲路史朗と同じなんですが、義歯についてては、まったく出鱈目《でたらめ》な供述をしていたんですよ、出雲路絢子はね。着衣や靴の焼け残りが、どうのこうのなんてのも、単なる思いつきで供述したんです」

「そうなると、『第一いろは坂』の転落事件は、最初から出雲路夫婦が共謀のうえでやりやがったわけだなも」

「そうですよ。夫婦のどちらがトリックの実行犯なのか、それとも第三者に実行させたのか、そこらへんのことは何とも言えませんがね」

「遅かれ早かれ判明するわね。それにしても、忠犬ハチ公を自分の身代わりにするとは、なんてやつだ。出雲路史朗はよぉ」

「鬼ですよ、まったく……出雲路絢子も、それを知っていながら加担したんですからね。ここで、ちょっと飯貝登についてわかっていることを追加報告しておきましょう。飯貝登は、出雲路史朗の後輩なんですよ。大学時代に、二人とも空手をやっていましてね」

「空手部の先輩と後輩の間柄だったのかね？」

「そうなんです。出雲路史朗が現在の事業を始めた頃からの付き合いだったんです。つまり、十年間、苦労をともにしてきた仲間というわけです」

「ちょっと待ちなよ。十年も苦労をともにしてきたのに、平取締役のままだったのかね？　忠犬ハチ公はよぉ」

「ここらへんの事情については、こういう聞き込みがあります。出雲路史朗に言わせると、飯貝登は、頭《おつむ》のほうがイマイチで、とてもじゃないが、役付きの取締役には不適格だと、出雲路史朗自身は考えていたらしいんです。実際のところ、飯貝登はですね、役員の間で、あいつは薄のろだと馬鹿にされていたようです。ご本人も、それを認めており、決して高望みはしなかったそうです」

「すると、出雲路史朗としてはだよ、好意のつもりで飯貝登を役員の椅子《いす》に座らせてやったんだと、そう思っていたんだろうか？」

「おっしゃるとおりです。飯貝登としても、そのことで恩義を感じていたようですから……」

「お人好しだなも。それにしても、忠犬ハチ公には家庭があるんだろう？」

「いいえ。過去に一度、結婚したことがありますが、子供も生まれないうちに離婚しています」

「離婚の原因は？」

「妻が鼻持ちならない浮気女だったのに、お人好しの飯貝登は、彼女に入れあげ、多額の借金までできてしまったらしいんです。見るに見かねて出雲路史朗が債権者《さいけんしゃ》と交渉して、借金を肩代わりしてやったそうです。飯貝登も、やっと目が覚めて、離婚を決意したと聞いています。五年も前の話で、当時、『出雲路建設』は羽振《はぶ》りがよかったから、そこまでしてやれたんでしょう」

「その恩義もあってよぉ、忠犬ハチ公は、最後まで出雲路史朗にくっついておった。こういうわけかね？」

「そうです」

「およその事実関係は、これでわかったが、当面の問題は、出雲路夫婦が、どのような事情から共謀し、忠犬ハチ公を身代わりとしてあの世へ送り込もうとしたのか、このことだわね。まず、おみやぁさんの意見をきかせてちょうよ」

「いや、わたしの意見なんかよりも、捜査本部の多数意見を報告させてください」

と溝口警部は、捜査ノートに視線を落とした。

3

溝口警部は、捜査ノートから顔をあげると、赤かぶ検事を見つめながら口を開く。

「捜査本部の多数意見は、こうなんですよ。ご承知のように、『出雲路建設』は、巨額の借金を抱え、倒産状態にあります。バブルがはじけて四苦八苦《しくはっく》している不動産会社は、規模の大小を問わず、いずれも似たり寄ったりなんですよ。『出雲路建設』だけではありません」

「うむ。そのこともあって、出雲路史朗としては、開き直ったというか、ドンとこいなんて調子でよぉ。案外、悠然《ゆうぜん》とかまえておったのではにゃあがね？」

「お察《さっ》しのとおりです。妻の出雲路絢子の供述を思い出してくださいよ、検事さん。夫は気の弱い人で、債権者の圧力に屈し、彼女の所有名義になっている中禅寺《ちゅうぜんじ》湖畔の別荘や預金なんかを債権者に提供し、巨額の債務《さいむ》の一部として弁済する腹づもりでいるなんて彼女は法廷で述べていましたが、あれだって真っ赤な偽りですよ」

「なるほど。彼女の供述が二転三転し、別荘の売却に同意したような供述をしてみたり、はたまた、そうでないような口ぶりをしたり、供述そのものが揺《ゆ》らいでおったのは、たぶん、そのせいだろう。嘘で塗《ぬ》り固めた供述だから、その都度《つど》、筋書きが変わる。違うかね？」

「そんなところです。ほんとのところは、巨額の負債を抱えて倒産状態にある出雲路史朗が事故に巻き込まれて死んだことにしておけば、債権者を騙《だま》せるという魂胆《こんたん》だったんです。もちろん、夫婦共謀のうえでのことですよね」

「忠犬ハチ公は、そのための生贄《いけにえ》にされたわけだ。気の毒によぉ」

「可哀相《かわいそう》な男です。何はともあれ、経営者の出雲路史朗が死んでしまえば、債権者としても、借金の取り立てをあきらめなければならない。この点が偽装事故死の最大の狙《ねら》いでしょう」

「待ちなよ。出雲路史朗が死んでも、妻の絢子名義の別荘や預金が残されておる。債権者は、これに狙いをつけて彼女を責め立てるだろうってことくらい察しがついたのと違うかね？」

「その場合、弁護士の湖山彬《こやまあきら》が彼女の楯《たて》になってくれますよ」

「それは言えるだろうな。仮に、債権者の依頼をうけた事件屋や暴力団が押しかけ、彼女に嫌がらせをしたり、凄《すご》んでみせたりしても、弁護士がついておれば、問題は容易に解決する。いまどき、事件屋や暴力団が画策《かくさく》したところで、警察の民事暴力取締本部が間髪《かんはつ》をいれず動き出して、全員、パクられるのが落ちだでな」

「ですから、その点は心配ありませんよね。結果的には、中禅寺湖畔の別荘と預金は、債権者の追及にもかかわらず、出雲路夫婦の手元に残るわけです」

「実際のところ、別荘を売却した代金と払い戻された預金を合計すると、四億二千万円も残ったんだからよぉ。もちろん、夫婦が共謀して企《たくら》んだことであり、四億二千万円を懐《ふところ》にして、夫婦仲よく、どこか人目につかないところで暮らす。夫の出雲路史朗は死んだことになっておるんだから、うまくいけば、生命保険金の一億円が絢子の懐に転がり込むことにもなったろう。しかし、妻の絢子が逮捕されたために、生命保険金の支払いがストップしたもんだで、これだけは、あきらめるよりほかなかったんだろう。出雲路夫婦にしてみればよぉ」

「生命保険金なんか目じゃなかったんです。四億二千万円もあれば、一生、生活できるでしょうからね。そのうち機会をみて、その現金を資金にして、ちょっとした商売でもするつもりだったのかもしれません」

「それはわかるが、妻の絢子が夫殺しの容疑で逮捕され、起訴されることになるなんて、出雲路夫婦にしてみれば予想外の出来事だったはずだ。違うかね？」

「たぶん、そうだと思います。出雲路絢子が起訴されたのは、あくまでも番外であり、たいへんな災難だったはずです」

「その災難を切り抜けるために、ホテルマンの佐久間正彦の証言が必要になった。出雲路史朗が女性同伴で湖畔を歩いているところを目撃したとか、霧降滝《きりふりのたき》や戦場ケ原の観光スポットで姿を見かけたとかいう証言だわね」

「あれも偽証でしょう。話の筋は架空《かくう》のものです。もっとも、佐久間正彦にしてみれば、実際に出雲路史朗と会い、偽証してくれるように依頼をうけたでしょうから、彼の生存そのものについては、結果的に嘘をついていないことになります。と、まあ、そういう自負心があったために、佐久間正彦としても、まことしやかに嘘をつくことができたんでしょう」

「そうかもしれないが、同伴の女性というのは、まったく架空の人物だと思うかね？　それとも、実際に出雲路史朗に愛人がおってよぉ、その女性に引っかけて偽証したんだろうか？　もっとも、同伴の女性の人相風体《にんそうふうてい》なんかは、まるっきり違うだろうけどよぉ」

「そのへんのことについては、目下《もっか》のところ、ほとんど情報がないので、保留にしておきましょう」

「だが、出雲路史朗には、甘樞淳子《あまかしじゅんこ》とかいう愛人がおるではにゃぁがね？」

「ですけど、甘樞淳子が、佐久間正彦の言う同伴の女性であったのかどうか。少なくとも、佐久間正彦自身は否定しています」

「否定したこと自体、嘘なのかもしれんでよぉ。まあ、ええわね。当分、佐久間正彦は泳がせておこう。慌《あわ》てることはないんだ。やつは逃げも隠れもせんだろうからよぉ」

「そうですね。いずれにしても、佐久間正彦が偽証してくれたお蔭《かげ》で、出雲路絢子は保釈になりました。このためにこそ佐久間正彦は偽証したのであり、それなりの報酬を出雲路史朗から貰《もら》う約束をしているはずです。そうでなくては、危ない橋を渡ったりはしないでしょうからね」

「こうやっておみやぁさんと話しておると、濃い霧が少しずつ消えて行くように、真実らしいものが朧気《おぼろげ》ながら見えてきたような気分になるわね。もっとも、そのずっと奥のほうに、まだ深い謎《なぞ》が秘められておるような気もするがよぉ」

「検事さん。紫野のマンションから逃げ出した出雲路絢子をですよ、車に乗せてやるとかして、逃亡を手助けしたのも、出雲路史朗ではなかったでしょうか?」

「うむ。その可能性はある。その夜、絢子はどこかに宿泊しておるはずだが、たぶん、出雲路史朗と一緒だったんだろう。いずれにしろ、出雲路絢子は、夫の手引きによって、逃亡することができたと考えるべきだ」

「そのあとの彼女の行動にしても、どうやら出雲路史朗がサポートしていたんじゃないでしょうか? 例えば、彼女は預金をおろし、弁護士の湖山彬の事務所までハイヤーを飛ばし、そこで、また、別荘の売却代金を受け取っているわけですが、その彼女をどこか人目につかないところで待ち受けていたのも出雲路史朗だった。これが多数意見なんですけどね。検事さんは、どう思われます？」

「断定はできないが、このさい、とりあえず、多数意見に賛成しておこう。ここまでの筋書きでは、出雲路史朗は、妻思いの夫であったかのように思える。ところが、実のところ、これも出雲路史朗の芝居であって、その晩に彼女を絞殺し、鴨川の堤防に捨てた。四億二千万円の現金を独り占めにするためだわね。おまけに、彼女がマンションから持ち出した貴金属や宝石類まで持ち去った。この男こそ、悪《わる》の見本と言うべきだろうな」

「九月九日夜のことですよね。死亡推定時刻は、午後八時から十時までの間だったというのが司法解剖の結果です。いずれにしても、出雲路史朗は、当初から妻の絢子を騙《だま》すつもりでいたのか、それとも、計画実行の途中で気が変わり、妻を殺害して大金や貴金属、宝石類を奪い取ろうと企んだのか。どちらでしょうね？」

「さあな。わしにも見当がつかん。もし、計画実行の途中で変心したのなら、陰に女性がおって、出雲路史朗を唆《そそのか》したからではにゃぁがね？」

「充分にあり得ることですよね。その女性は、いったい誰か。すでに捜査線上に浮かんでいる甘糟淳子ではないでしょうか？」

「ほかにも愛人がおるのかもしれん。何はともあれ、そこらへんのことは、今後の捜査の結果を待つよりほかないだろう」

「そりゃ、まあね。何もかも一挙に解決しようなんて、虫のいい話ですから……」

「いや、まだ、何一つ解決しておらんだろう？　いま、われわれが話しておった筋書きはよぉ、あくまでも推理であり、裏づけが乏しい」

「きちんと裏づけをしてみせますよ、検事さん」

と溝口警部は、いかにも自信ありげに肩をそびやかす。

しかし、このとき、溝口警部は、まだ、裏づけ捜査の手がかりさえも摑《つか》んでいなかったのである。

4

今年は、どういうわけか、九月半ばを過ぎても、秋めいた爽《さわ》やかさが肌に感じられない。

昼間の陽光は相変わらず強烈で、湿度も真夏並みに高い。

気象台の予報では、月末にならないと、秋の気配はおとずれてこないという。

「こう暑くてはかなわんなも。仕事にならんでいかんわね」

今日は、早めに切りあげるとするか——と赤かぶ検事は独り言を呟《つぶや》きながら、帰り支度《じたく》をはじめた。

　このとき、庁内電話が鳴った。

　受話器をあげると、受付の警備員の声がした。

「こちら受付です。来客なんですが、いかがいたしましょうか？　三十歳前後の男性の方で、丸谷文雄《まるやふみお》と名乗っておられます……面会の約束がないのは承知のうえだが、ぜひ、柊検事さんにお目にかかりたいとおっしゃっています」

「丸谷だって？　おぼえがないなも。用件を聞いてちょうよ」

「聞きました。甘樫淳子とやらいう女性のことで、柊検事さんにお話ししたいことがあるそうです」

「甘樫淳子……ひょっとしたら、その男性は有力証人かもしれんでよぉ。わしの部屋へお連れしてちょうよ」

「承知しました」

　警備員は、きびきびとした口調で答える。

　間もなく、警備員の案内で、丸谷文雄なる青年があらわれた。

「とりあえず、そこの椅子に腰をかけてちょうよ」

と赤かぶ検事は、デスクの前の椅子に来客を座らせておいて、丸谷が差し出した名刺に視線を落とした。

　長岡京《ながおかきょう》市の不動産会社に勤めているらしい。

そう言えば、甘糟淳子も、やはり長岡京市の不動産会社の営業課長をしていたのを思い出したが、会社名が違っていた。

赤かぶ検事は、その名刺をデスクの上に置くと、目の前に座っている丸谷文雄の顔を見た。

まさに、その名のとおり、丸っこい容貌《ようぼう》の、人のよさそうな青年だった。

何とはなしに親しみを感じさせる雰囲気《ふんいき》の持ち主である。

赤かぶ検事は言った。

「甘糟淳子さんのことで話したいことがあるとか……」

「そのためにきたんです。彼女のことが心配で……」

「どういうわけで、心配なんだね?」

急に深刻めいた表情を見せる丸谷文雄を訝《いぶか》しげに見つめながら、赤かぶ検事は、

「おみやぁさんよぉ。何だか知らないが、思い詰めたような顔つきだなも」

「そう見えますか? 実のところ、甘糟淳子さんの様子が、ちょっとおかしいんです。それが気がかりで……」

「ちょっとおかしいだって?」

「今日の明け方に、突然、電話が鳴りましてね。時計を見ると、午前四時前でした。いま頃、誰だろうと不審《ふしん》に思いながら受話器をあげますと、彼女だったんです」

「うむ。おみやぁさんと彼女とが、どういう関係なのかは知らないが、それは後まわしにして、用件は何だった？」

「用件なんて、そんなんじゃないんです。彼女は、ひどく興奮していましたよ。何だかわけのわからないことを口走っていました。ただではすませないって……」

「どういう意味だね？　ただではすませないとはよぉ」

「出雲路史朗さんのことです。彼女の喋《しゃべ》っていることを聞いているうちに、ピンときましたよ。あの週刊誌の記事を読んだからです」

「どういう記事だね？」

「事故死したはずの出雲路史朗が、実は生きていたと……目的は借金逃れだって……」

「察《さっ》しはつくわね。何という週刊誌だったかおぼえていないが、でかでかと煽情的《せんじょうてき》な見出しを新聞広告で見たわね。債権者を騙《だま》しただけでなく、妻を殺害し、その財産を持ち逃げしているとかいう見出しだったなも」

「それなんです。週刊誌の記事を本気で信じるなんて、どうかしていると思うんですけど、彼女は聞こうとしませんでした。要するに、これまで、出雲路史朗さんにすっかり騙されていた自分が馬鹿だったと……そのうち、泣き出しましてね。必ず、彼の正体を暴《あば》いてやると息巻《いきま》いたりして……」

「正体を暴いてやるとは、どういうことだろう？」

「わかりません。たぶん、出雲路史朗さんがどこに身を隠しているか、彼女には見当がついているらしいんです」

「見当がついておるだと？　どこだね？　それはよぉ」

「それは言いませんでしたが、こんなことを口走っていましたよ。栃木の女医に決まっているって……」

「栃木の女医？　その女医のところに身を潜《ひそ》めているというのかね？」

「いや、よくわかりません。栃木の女医がどうかしたんですかと聞いたんですが、返事が支離滅裂《しりめつれつ》で……栃木の女医が、どうのこうのと、同じことばかりを三回くらい連発していましたね」

「それじゃ、栃木の女医とやらのところに出雲路史朗が身を潜めておる。そう考えてええんだろうか？」

「たぶん、そうでしょうね。その女医さんのことは、前にも聞きましたから……」

「と言うと？」

「出雲路史朗さんには、愛人関係にある女性が二人いたんです。そのうちの一人は、甘橿淳子さんで、もう一人は、栃木の女医とかいう女性だったようです。いや、その女医さんに、わたしは会ったことはありません。でも、甘橿淳子さんが、そんなふうなことを言っているのを聞きましたから……」

「わかった。それじゃ、ここらあたりで、ちょっと過去に遡《さかのぼ》って事情を聞こう」

そう前置きして、赤かぶ検事は、質問をつづけた。

「おみやぁさんは、どういうわけで、甘糟淳子さんのことに詳しいんだね？」

「以前、彼女はわたしの上司だったんです。営業課長でしたから……『さくら住宅』の……」

「だから、いろいろ知っておるんだね？」

「そうです」

「となると、甘糟淳子さんとは、特別に親しい間柄だったのかね？」

「検事さん。誤解のないように言っておきますが、確かに、わたしは彼女を慕《した》ってはいましたが、ヘンな関係ではありませんよ。だって、彼女が出雲路史朗さんの愛人だってことは、まわりの人たちが、みんな知っていたことですし、彼女も出雲路史朗さんに夢中でしたから……わたしなんかお呼びじゃありませんよ」

「うむ。年齢の開きもあるだろうしよぉ」

「いいえ。いまどき、年齢は問題じゃないと思います。わたしは、まだ独身で、現在、二十九歳ですから、彼女より五歳も年下です。だけど、ずっと彼女のことを心の中では想っていましたよ」

「いまでもかね？」

「正直言って、そうです。しかし、彼女のほうは、わたしを弟くらいにしか思っていないんです。それならそれで、わたしとしては、いいんですよ」

そう言ったとき、丸谷文雄は、物思いに沈むかのように、視線を伏せた。

そんな丸谷文雄が気の毒な気がしたが、口には出さずに、赤かぶ検事は、

「『さくら住宅』は倒産したよな。それ以来、おみやぁさんはどうしておるんだ？」

「しばらく、ぶらぶらしていましたが、知人の紹介で、いまの会社に再就職しました。それ以来、ずっと……」

「やはり長岡京市の会社だなも。名刺によると、そうなっておる」

「そうです。わたしの住まいが長岡京市にありますから、なるべくなら、通勤の便利なところで働いたほうがいいんですよ」

「そりゃ、そうだろう。さて、警察の捜査によると、二月末頃、彼女は長岡京市から姿を消しておるよな。マンションも売却し、行くえが知れない。そのように聞いておるが、おみやぁさんとは連絡がついておったんだな？」

「はい。長岡京市のマンションを売却するさいにも、取引を仲介《ちゆうかい》したのは、わたしの会社です。何しろ、かつての同業者ですから……」

「しかし、その後、彼女の行くえが知れなくなったのは、どういうわけだろう？」

「別に、居所を隠していたわけではないんですけど、何しろ、東京都内に住所と事務所を

移しましたから……」

「しかし、おみやぁさんだけは、彼女と連絡をとっておった。どういうわけか知らんがよぉ」

「別に深い意味はないんです。彼女は、わたしを弟みたいに思っていますから、心置《こころお》きなく、わたしには話ができるんだと思います。今朝方、興奮しながら電話をかけてきたのも、わたしに聞いてもらうためですよ。たぶん、彼女にしてみれば、誰かに話さないことには気持ちが治まらなかったんでしょう」

「すると、おみやぁさんは、もっぱら聞き役かね?」

「いつも、そうなんです。『さくら住宅』に勤めていた頃にも、ときおり、お茶に誘われ、いろいろ聞かされましたよ。仕事のうえの悩みやら、何やら……」

「出雲路史朗とのことも、聞かされたんだろう?」

「そうです。うまくいっているときとか、そうでないときとか、いろいろと……」

「彼女のオフィスは、現在、東京都内にあるというが、どのあたりだね?」

「武蔵野《むさしの》市です」

「武蔵野市ね。おみやぁさんは、彼女の住まいやオフィスをたずねたことはないのかね?」

「ありません。その暇《ひま》がないんです」

「彼女は、どうだね？　おみやぁさんをたずねてきたことはあるのかね？」

「いいえ。彼女は、それどころじゃないんです。いろいろありますから……」

「いろいろあるとは？」

「仕事のうえでも、うまくいってないようですから……そりゃ、無理ですよ。突然、東京へ出て、この商売をしようというんですから……多少とも、コネはあるらしいですけど、それだけじゃ、やはりね。しかし、彼女には、長岡京市のマンションを売却した金がありますので、当分は食《く》いつなげるでしょうけど……」

「彼女は、出雲路史朗と手を切ったのと違うのかね？」

「きっぱり別れたと、彼女は言っています。『出雲路建設』の経営状態が悪化した直後のことです」

「そのとき、手切れ金のようなものを貰《もら》ったんだろうか？」

「いいえ。彼女にしてみれば、まとまった金を欲しかったのかもしれませんが、倒産寸前の会社の社長に、そんなことは言えないと、彼女は、しんみりとしていましたよ」

「だが、まとまった金が、やはり必要だろう？」

「だから、マンションを売ったんです。現在、彼女は、賃貸アパートに暮らしていますよ。気の毒に……」

「気の毒だと思うのかね？」

「そりゃ、思いますよ。『さくら住宅』の営業課長をしていた頃は、羽振《はぶ》りもよかったし、仕事もばりばりやっていたんですから……」

「ちょっと聞くがよぉ。栃木の女医とかいう愛人のことは、その頃から、甘樫淳子さんにはわかっておったんだろうか？」

「そのようですね。わたしにも、ときおり、愚痴《ぐち》をこぼしていましたから……いつか、必ず、女医さんとは切れるに違いないなんて言ってみたりして、それなりに彼女は自信を持っているようでした」

「どういう経緯から、出雲路史朗は、問題の女医を知ったのか、おみやぁさんは聞いておるかね？」

「何でも、どこかのパーティの席上で知ったとか……」

「開業医かね？　その女医はよぉ」

「そうらしいです。内科とか、外科とか、そんな詳しいことまでは聞いていませんがね」

「栃木というのは、栃木県下だろうか？　それとも栃木市内？」

「それもわかりません。こういうことになるのなら、聞いておけばよかったんですけど……」

「では、ここで、重要な事柄についてたずねるが、出雲路史朗が『第一いろは坂』のヘアピンカーブから転落死した事件は、当然に、彼女も知っておったんだろう？」

「知っていました。新聞記事を見たと……関西の新聞には、記事が載《の》りませんでしたが、首都圏の新聞には、記事が載っていたそうですから……」

「その記事を読んだとき、彼女は、何か言っておったかね？」

「その事件が新聞に載った日の夜、わたしのところへ電話をしてきたんですけど、声を詰まらせ、泣いていましたよ。彼女は、出雲路史朗さんが事故死したものと信じきっていたんですから……」

「誰しも、そう思い込んでおったんだ。わしたちにしてもよぉ。おみやぁさんだって、そうだろう？」

「そうなんですよ。しかし、そうこうするうちに、奥さんの絢子さんが殺人罪で起訴されましたよね。このことにも、甘橿淳子さんは、ショックをうけていました。悪い女を妻に持って可哀相《かわいそう》だって……出雲路史朗さんのことですよ」

「たぶん、彼女なりに出雲路史朗を愛しておったんだろうな。ところがだよ、その後、出雲路史朗が生存しているらしいという証言があった。目撃者があらわれ、法廷で証言したよな。これについてはどうだね？」

「そのことも彼女は知っていました。新聞にも記事が出ましたからね」

「その新聞記事を読んだ彼女は、おみやぁさんに何か話したかね？」

「大喜びして電話をかけてきましたよ。生存しているのなら、いつか必ず会えるって……」

「しかし、事態が急転し、被告人の出雲路絢子が保釈になった。これについては、どう言っておった？」

「保釈されたことは知らなかったようです。首都圏の新聞には出ていなかったからでしょう」

「おみやぁさんは？」

「関西の新聞には、奥さんの絢子さんが保釈されたと報道されていましたので、わたしが教えたんですよ、甘檀淳子さんに……」

「電話をかけてやったのかね？」

「そうです。彼女は、びっくりしていました。もしかすると、借金逃れのために、夫婦が共謀して、事故を偽装したんじゃないかって……ところが、それから間もなく、奥さんの絢子さんが殺されたという新聞記事が出ました。早速、わたしは、彼女に電話を入れ、その話をしたんです」

「彼女は知っておったかね？　その事件をよぉ」

「いいえ。首都圏の新聞には、一日遅れて記事が載りましたから、わたしが電話をした時点では、彼女は知らなかったんですよ」

「それで？」

「彼女は言っていましたよ。きっと、奥さんを殺したのは、強盗だろうって……新聞にも、そう書いてありましたからね」

「そうするとだよ、仮に出雲路史朗が生存していたとしても、妻の絢子を殺したりはしない。そのように甘橿淳子さんは思い込んでおった。こういうことだろうか？」

「そのとおりです。彼女としては、まさか、出雲路史朗さんが奥さんを殺すような非情な男ではないと、信じて疑わなかったからでしょう。わたしまでが、そう思ったくらいですから……」

「妙だなも。それならばだよ、なぜ、栃木の女医がどうのこうのなんて、急に言い出したんだろう？」

「だんだん、時間がたつにつれて、ヘンだなと彼女は思いはじめたようです。もし、出雲路史朗さんが生存しているなら、自分に連絡をくれるはずだって……」

「ちょっと待ちなよ。出雲路史朗はよぉ、甘橿淳子さんが武蔵野市に住んでいるなんて、知らんのだろう？」

「知らないでしょうけど、わたしに聞けばわかるはずだって……甘橿淳子さんは、そう言ったんです」

「なるほど。おみやぁさんなら、彼女の居所を知っていると、出雲路史朗には察しがつくだろう。だから、まず、おみやぁさんのところへ出雲路史朗が電話をかけてくるはずだ。

ところが、その気配がない。そこで、こいつはおかしいと、彼女も気づいた。こういうわけかね？」

「そうなんです。わたしだって、たぶん、出雲路史朗さんから連絡があるだろうと期待していたんですけど、一向に……」

「しかし、おみやぁさんの勤め先なり、住まいなりを出雲路史朗が知っているとは限らんだろう？　なぜなら、『さくら住宅』は倒産しており、おみやぁさんだって、もう、その会社にはいないんだから……」

「そんなのは、たいしたことではありませんよ、検事さん。長岡京市をも含めて、京都周辺の不動産業界なんて、狭い世界ですよ。くしゃみ一つしても、パッと伝わるくらいですから……」

「そりゃ、まあな。業界の連絡を密《みつ》にしておかないと、そのほうの商売もうまくいかないだろうしよぉ。ところで、おみやぁさんが、深刻めいた顔をしてわしのところへやってきたのは、何か目的があるからだろう？　つまり、警察なり、検察庁なりに、何か注文があるんだろう？」

「それなんですが、どうも、今朝の彼女の電話は、何だかヘンな予感がするんです。彼女はですね、相当、深刻に思い詰めていたようですから……奥さんの絢子さんが死んでいることだし、出雲路史朗さんには身を寄せるところがないはずですよね。それなのに、一向に連絡をよこさないのは、ほかに居心地《いごこち》のいい場所があるからだって……」

「それが、栃木の女医というわけかね？」

「そのとおりですよ、検事さん。きっと、栃木の女医さんのところへ転がり込んでいるのに違いないって……そう思い込んでいるんですよ、甘橿淳子さんは……」

「うむ。甘橿淳子さんにはよぉ。その女医が誰であるか、名前も住所もわかっておる。だから、そこは乗り込んでいくつもりじゃないかと、おみやぁさんは気が気でない。こういうわけかね？」

「そうなんですよ、検事さん。いいえ、はっきりと、口に出しては言いませんでしたが、あの雰囲気《ふんいき》では、どうやら、今日、明日のうちにでも、栃木へ行くんじゃないかという気がしてなりません。実際、今日の午前四時に彼女から電話があって以来、まったく連絡がとれなくなっているんですから……武蔵野市のアパートやオフィスに電話をかけても通じないんです。オフィスにはアルバイトの女の子が一人おりますが、全然彼女の行き先を知りませんしね」

「それじゃ、今日のところ、彼女はオフィスへも出勤していない。こういうことかね？」

「だから、心配になって、ここへきたんですよ。栃木の女医さんのところへ行くのはいいとしても、そこでトラブルでも起こったら大変です……とりわけ、甘橿淳子さんは、すっかり頭にきていますから、行き過ぎた真似《まね》をするんじゃないかと心配でなりません」

「確かに、おみやぁさんの言うとおりだ。出雲路史朗にしても、世間の目をはばかる立場にあるんだから、彼女に乗り込まれ、騒ぎを起こされてはヤバイ。双方とも、感情的になり、刃傷沙汰《にんじようざた》でも起これば取り返しがつかない。おみやぁさんは、そう思って、わしのところへきたわけだなも？」

「そうなんです。頼りない情報ですけど、わたしとしては、その程度のことしか知りませんので、何ぶんにも、よろしくお願いします。武蔵野市のアパートとオフィスの住所や電話番号は、ここに書いてきましたから……」

そう言いながら丸谷文雄は、ブレザーのポケットから、ボールペンで走り書きしたメモを取り出し、赤かぶ検事に手渡した。

このあと、赤かぶ検事は、参考となる二、三の事柄を丸谷文雄から聞き出し、メモをとった。

5

「そんなわけでよぉ。直接、丸谷文雄から事情を聞いてもらうのもええだろうから、とりあえず、そちらへ行ってもらったわね」

赤かぶ検事は、丸谷文雄を部屋から送り出すと、早速、京都府警本部に電話を入れ、溝口警部に概要《がいよう》を話してやった。

溝口警部にとっても、これは事件解決のカギにもなる重大な情報であり、興奮するのも無理はない。

「そいつは有り難《あ がた》いですね、検事さん。本人から、ひと通り事情を聞いたうえで、明日の朝一番にでも、行天燎子警部補に栃木へ出張してもらいますよ」

「栃木市ではなく、県下かもしれんでな。そこらへんのことも栃木県警本部と相談し、協力してもらいなよ」

「そうします。ところで、甘糟淳子の水着姿の写真を丸谷とかいう青年にお見せになりましたか？」

「うむ。あの写真を見せて、おみやぁさんが撮ったのかね？　とたずねたところ、違うと言っておった。自分なら、もっと美しく撮ってみせるってよぉ」

赤かぶ検事が言うと、溝口警部は、軽やかな笑い声をあげて、

「その青年は、よっぽど甘糟淳子に想《おも》いを寄せているんですね」

「甘糟淳子にも、それはわかっておるんだろうけど、たぶん出雲路史朗のことが忘れられんのだ。お人好しの丸谷文雄なんかより、悪党の出雲路史朗のほうに心を惹《ひ》かれるんだろうよ」

「悪いやつほど女性にもてるんですかね、検事さん。それから、もう一つ聞いておきたい

んですが、中禅寺湖畔《ちゆうぜんじ》の菖蒲《しようぶ》ケ浜《はま》や霧降滝《きりふりのたき》、戦場ケ原なんかで出雲路史朗と一緒のところを目撃された女性ですがね。もしかすると、問題の栃木の女医だったのかもしれませんよ。それとも、やはり、佐久間正彦がつくりあげた架空の女性でしょうかね？　佐久間正彦は、こう言っていますよ。同伴の女性は、学校の先生か、お医者さん、あるいは弁護士さんかもしれないって……ふと、そのことを思い出したものですから……あっ、検事さん。どうやら丸谷とかいう青年があらわれたようですから、これで失礼します」

そう言って、溝口警部は急いで電話を切った。

6

翌朝、予定どおり、行天燎子警部補は二人の捜査員を連れ、朝一番の新幹線で京都を発《た》った。

彼女らは、まず、宇都宮《うつのみや》市内にある栃木県警本部をたずね、事情を話したうえで捜査協力を求めた。

京都府警と栃木県警との間には、あらかじめ上層部の間で話が通じていたこともあって、早速、栃木の女医とかいう女性の身元を洗い出すべく、県下各警察署に手配してくれた。

ところがである。

行天燎子ら一行が宇都宮へ着いた日の夜、栃木市内の巴波川畔《うずま》で、甘橿淳子が正体不明の人物に襲われ、すんでのところで殺害されたかもしれない災難に遭遇《そうぐう》したのだった。

行天燎子警部補が、赤かぶ検事あてに、その報告をしてきたのは、事件の翌日の午後になってからである。

「そいつは、たいへんだ。犯人に先手を打たれたわね」

赤かぶ検事は、一瞬、ドキリとして、思わず受話器を握《にぎ》り締《し》める。

行天燎子は言った。

「検事さん。幸いにも、彼女は一命を取りとめたんですのよ。犯人に襲われたとき、大声で叫び、助けを求めたために、通行人が駆けつけ、かろうじて彼女は難を免《まぬが》れたんです」

「詳しく話してみなよ」

「こうなんです。昨夜、午後九時頃、栃木市内の巴波川畔を歩いていた勤め帰りのサラリーマンが、突然、女性の悲鳴を聞いたんです」

「ちょっと待ってちょうよ。巴波川は、栃木市内の観光名所ではなかったかね？」

「いまでは観光名所になっていますが、もとはと言えば、江戸時代の商都の面影《おもかげ》を色濃く残している界隈《かいわい》なんです」

「栃木は、宿場町でもあったからな」

「そうです。倉敷《くらしき》市と似た風情《ふぜい》がありましてね。いいえ。倉敷市より静かですし、スケールも大きいようですわ。川岸の柳並木の間に、石造りの蔵屋敷《くらやしき》が建ち並んでいましてね。巴波川の水運を利用して運ばれてきた物資が陸揚げされ、それらの土蔵へ納められる情景が目に浮かぶようです。倉敷のように観光客が大勢、押しかけることもなく、静かな環境に恵まれているのが、何よりですわ」

「わかった。その巴波川の畔《たもと》で事件があったわけだなも。昨夜九時頃によぉ」

「そうです。川沿いの道を歩いていた二人の若いサラリーマンが、突然、女性の悲鳴を聞いたんです。そのほうを見ると、柳の陰に二つの人影が揺《ゆ》らめき、何だか激しく揉《も》み合っているような感じだったとか……。当初のうちは、痴話喧嘩《ちわげんか》じゃないかと思ったらしいですが、二度目に金切《かなき》り声をあげて助けを呼ぶ女性の叫び声を聞いたとき、これは、ただごとではないと、まっしぐらに現場へ駆けつけたんです」

「それで？」

「その気配を察知《さっち》したのか、犯人は、女性を突き飛ばしておいて、一目散《いちもくさん》に逃げ、暗がりのなかに消えたそうです。二人のサラリーマンは、犯人を追うより、川に落ちた女性を助けるほうが先だと考え、そのうちの一人が巴波川へ降り、腰のあたりまで水に漬《つ》かりながらも、女性を助けあげたんです。もう一人の若者は、近くの民家へ飛び込み、電話を借りて一一〇番しています。間もなく救急車も駆けつけてきて、被害者を収容し、病院へ運び込んでいるんです」

「容体《ようだい》は、どうだね？」

「巴波川の水深がそれほど深くないので、被害者の女性は足腰に外傷を負ってはいますが、大事には至らず、せいぜい一週間程度で退院できるそうですわ」

「後遺症《こういしょう》が残るなんてこともないんだろうな？」

「心配ないと主治医が言っています」

「そいつはよかった。その女性が甘檟淳子だなも」

「はい。本人の意識はしっかりしていますから、自分で、そのように名乗っていますし、例の水着姿の写真と見くらべても、本人に間違いありません。念のために、あの写真を持参したのが役に立ちました」

「それでよぉ、栃木の女医とやらは、判明したかね？」

「はい。海津稲子《かいづいねこ》、三十八歳。栃木市内の開業医なんです。父親譲《ゆず》りの屋敷がありまして、地元では信頼されている女医だと聞きました」

「その女医がだよ、どういう経緯から出雲路史朗と親しくなり、愛人関係にまで発展したのか、そこらあたりの事情は？」

「そこまでは、まだ、手がまわらないんです。いずれにしましても、海津稲子は、出雲路史朗なんて知らないと否認していましてね」

「否認しても、甘檟淳子が知っておろう？　彼女はよぉ、出雲路史朗が、その女医のところに身を潜《ひそ》めていると見当をつけ、栃木へ出向いたんだから……」

「そのとおりですが、甘糟淳子のほうも、ショックから立ち直っておらず、いま、しばらく静養が必要です。そんなこともあって、管轄《かんかつ》の栃木警察署でも、急がずに捜査をつづける方針です」

「それがええだろう。急げば、ことをし損じるでよぉ」

「同感です。何よりも、海津稲子は、地元では名望家《めいぼうか》の一族らしくて、評判を落とすような無様《ぶざま》な真似はできないはずですわね。栃木県警としても、そこらあたりの事情を考慮して、海津稲子が自発的に事実を告白し、捜査に協力してくれるのを期待しているんです」

「女医のほうは、それでええとしても、肝腎《かんじん》の出雲路史朗は、どうなんだね？　女医の家に身を潜めておるのか、どうか」

「目下《もっか》のところ、入院中の甘糟淳子との面会時間が限定されていますので、詳しい事情を聞くまでには至りませんので、断片的なことしかわからないんです」

「とりあえず、それを話してみなよ」

「こうなんです。甘糟淳子が栃木へやってきたのは、一昨日の午後でした。彼女は、ひとまず、市内のビジネスホテルに部屋をとり、そこから海津稲子の家へ電話をしたらしいんです」

「家と言うのは、私宅かね？」

「私宅と診療所とは別棟《べつむね》になっていますが、同じ敷地内にあります。旧家ですから、敷地も広く、ゆったりとしていましてね」

「甘樫淳子は、その女医の住所も氏名も知っておったわけだなも？」

「そうです。どういう経緯から知ったのか、それは、まだわかりませんけど……ホテルの部屋に落ち着いた甘樫淳子は、いま言いましたように、その女医の家に電話を入れたんです。そのとき電話に出たのは、お手伝いさんでして、『出雲路さんなんて方は、いらっしゃいませんわよ。何かの間違いでしょう』と言ったなり、ぷつりと電話を切ってしまったそうです。その言いまわしが、ちょっと不自然だったので、甘樫淳子はピンときたらしいんです」

「と言うと？」

「お手伝いさんは口止めされているのに違いないって……ほんとのところ、やはり出雲路史朗は海津家に身を寄せているのだろうが、事情が事情だから、お手伝いさんにも箝口令《かんこうれい》を敷いているんだと甘樫淳子は察しをつけたんです」

「それで、彼女は、どうした？」

「翌朝、午前六時頃に急患だと偽《いつわ》って電話をかけたところ、たまたま、女医の海津稲子が電話に出たそうです。そこで、甘樫淳子は、こう言って気を引いています。『海津先生。出雲路史朗さんがお宅にいることはわかっているんです。ご本人に、ぜひ、わたしのことを話してください。甘樫淳子が京都からきたって……それでも、まだ出雲路史朗さんを電話に出してくれないのなら、警察の力を借りるよりほかないですわね』と……」

「なかなかの名調子だなも。そんなふうに言われると、海津稲子としても断り切れなかったろう?」

「おっしゃるとおりです。『あなた、どこから電話を?』と海津稲子がたずねたので、ホテルの名称と部屋番号を教えたそうです。すると、海津稲子は、『本人を説得して、連絡させますから……』と言ったまま、電話を切っています」

「それから、どうなった?」

「二時間くらいしてから、甘樫淳子の部屋へ電話があったそうです。出雲路史朗からね」

「やっぱり、正体をあらわしやがったわけか?」

「そうです。出雲路史朗としても、もはや、甘樫淳子からは逃げ切れないと観念したんでしょう。出雲路史朗が言うには、昼間のうちは顔が障《さ》すので、夜になるのを待って自分のほうからホテルへ出向くと……そんなわけで、午後八時に、彼女が泊まっているホテルのロビーで会うことになったんです」

「実際、約束の時刻に、出雲路史朗はあらわれたのかね?」

「そうです。ホテルのロビーで、どういう会話が交わされ、どのような事情からホテルを出て、犯行現場の巴波川畔までやってきたのか、そのへんの事情については、いまのところ、彼女から、ほとんど何も聞き出せませんでした」

「なぜだね？」

「彼女が急に興奮し、取り乱したからです。たぶん、そのときの出雲路史朗の理不尽《りふじん》な態度が、いまさらのように、思い出され、激しく気持ちが揺れたんでしょう。主治医からも、この程度にしてもらいたいという要請があったので、仕方なく、病室を引きあげました」

「そうなると、いま、しばらく、時の経過を待つよりほかないなも」

「はい。溝口警部に、このことを報告しましたところ、明朝一番の新幹線で、こちらへくるそうですわ。わたしたちとしても、甘樫淳子の供述だけに頼るのではなく、独自の捜査をおこなうつもりでいます。栃木警察署としても、全面的に、協力してくれるそうですから……いまのところは、この程度しかお話しできませんが、早急に事実関係を調べあげ、出雲路史朗の逃亡先を突きとめるべく、全力をあげるつもりでいます」

「出雲路史朗は逃亡したのかね？」

「はい。少なくとも、海津稲子の家にいないのは間違いないんです。栃木警察署員に同行してもらい、海津家を隈《くま》なく捜索しましたが見つかりませんでしたから……もちろん、令状をとったうえでのことですわ」

「うむ。いったい、どこへ逃げやがったんだろうな」

「逃亡先は知らないと海津稲子は言うんですが、どうでしょうかね。とにかく、海津稲子が保有するマイカーのうちの一台を借りて、姿を消したのは間違いないんです」

「それじゃ、海津稲子はよぉ、逃走用の車を提供したわけか?」

「ですから、海津稲子としても、犯人蔵匿《ぞうとく》罪に問われかねませんわ」

「うむ。海津稲子がだよ、事情を知りながら、逃走用の車を貸し与えたとすれば、まぎれもなく犯人蔵匿罪が成立する」

「わたしたちとしても、その点に楔《くさび》を打ち込み、海津稲子に、すべての情報を提供させるつもりでいるんです」

「それがええだろう。彼女としても、立場上、否認を押し通すわけにはいかんだろうから、必ずや自白するわね。いずれにしろ、吉報を待っておるでよぉ」

赤かぶ検事は、そう言って、電話を切った。

7

三日が経過した。

栃木市へ飛び、先着の行天燎子警部補ら一行と合流し、捜査を継続していた溝口警部が、その後の経過を赤かぶ検事あてに電話で報告してきた。

「検事さん。ずいぶん捜査が進展しましたよ」

「そいつはよかった。逃亡中の出雲路史朗の所在も突きとめられたかね？」

「いや、残念ながら、まだなんです。海津稲子も知らないと言っていますしね」

「その女医さんはよぉ、出雲路史朗を庇《かば》いだてして、知らないと嘘《うそ》をついておるのではにやぁがね？」

「いや、そうじゃありません。ほんとに知らないんですよ。検事さん。ご心配には及びませんよ。必ずや捜し出してみせますから……」

「うむ。おみやぁさんの力量に期待しておるでよぉ」

「大丈夫です。それはそれとして、甘橿淳子殺害未遂事件の詳細を報告しておきます」

「それ、それ。甘橿淳子の容体は、かなりよくなっておるはずだが、どうだね？」

「かなり元気になりましたが、大事をとって、あと数日間、様子を診《み》たいと主治医は言っています」

「それがええわね。甘橿淳子の供述調書も出来あがっておるんだろう？」

「一応はね。それによりますと、事件の経緯は、こういうことでした。当夜、八時頃、出雲路史朗は、彼女が投宿中のホテルのロビーをたずねてきました。彼女も早目に部屋を出て、出雲路史朗を待っていたんです」

「それから、どういう会話が二人の間に交わされたか。これが問題だなも」

「はい。二人は、日本庭園の見える窓際のテーブルに向かい合って座りました。詳しい経過は、彼女の供述調書を読んでいただければわかると思いますので、要点だけをかいつまんでお話しします」

「うむ。供述調書は、コピーでええから早急に送ってちょうよ」

「そのつもりでいます。要するに、甘樫淳子が復縁を迫ったのに対して、出雲路史朗が、それを断ったために話がこじれ、紛糾《ふんきゅう》したわけです。そうこうするうちに、甘樫淳子が感情的になり、叫ぶやら泣き出すやらで、取り乱したものですから、これはまずいとばかりに、出雲路史朗は彼女をホテルのそとへ連れ出したんです」

「ホテルから連れ出し、巴波川畔を歩きながら話し合いをつづけた。こういうことかね？」

「そうです。ホテルそのものが巴波川沿いにあるわけですから、行きがかり上、そうなるわけです。何しろ、日没後は、人通りも少なくなり、家々は、ほとんど戸締りをしていますので、少しくらい声高に話しても、人に聞かれないだろうという安心感があるためか、甘樫淳子は、感情のおもむくままに出雲路史朗を難詰《なんきつ》しました。終《しま》いには、海津稲子とはっぱり手を切り、わたしと暮らしてほしいなんて……もし、言うとおりにしてくれなければ、これから警察へ出頭し、何もかもばらしてやると、遂に脅迫《きょうはく》的な態度に出たんです。これには、出雲路史朗も堪忍袋《かんにんぶくろ》の緒《お》が切れたというか……カッと頭にきて、彼女の首に手をかけ、絞《し》めつけようとしたんです」

「扼殺《やくさつ》を図《はか》ったわけだなも」

「そうなんですが、彼女が金切り声をあげ、助けを呼んだために、例の二人の若いサラリーマンが駆けつけました。出雲路史朗も、これはヤバイとばかりに、彼女を突き飛ばし、川へはめておいて、一目散に逃走しています」

「出雲路史朗が逃げた先は、海津稲子の屋敷ではなかったのかね？」

「そうです。『どうしたの？』という海津稲子の問いかけに、出雲路史朗は、『甘樫淳子とトラブルがあり、まずいことになりそうだ。たぶん、彼女は死んではいないと思うが、騒ぎが起こりそうだから、おれは逃げる。きみの車を貸してくれよな』なんて……唖然《あぜん》として見守っている海津稲子を尻目《しりめ》に、やつは身のまわり品を旅行ケースに詰《つ》め、『例の金は、きみに保管をまかせる。頼んだよ』と言い残し、車庫から彼女の車を出し、行き先も告げずに姿を消しているんですよ」

「そこらへんの状況は、海津稲子の供述によるんだろう？」

「そうです。その時刻になると、もう、通いのお手伝いさんはおりませんのでね。海津稲子の供述だけが頼りです」

「うむ。四億二千万円の現金だがよぉ。その保管を海津稲子にまかせるというのは、どういうことなんだね？」

「あれは、海津稲子がですね、一族の有力者に頼み、他人名義で預金していたんですよ。

味なんです」

出雲路史朗は、そのことを言っているんです。つまり、引きつづいて保管を頼むという意
「現在、その預金は、どうなっておる？」

「海津稲子が預金証書と印鑑《いんかん》を栃木警察署へ預けましたよ」

「案外、あっさりと降伏したなも」

「われわれが半日かけて彼女を説得したからです」

「どのように説得した？」

「あの四億二千万円は、妻の絢子を殺害して手に入れた贓物《ぞうぶつ》であり、刑法一九条に定める『犯罪によって得られた物』に該当《がいとう》し、没収《ぼっしゅう》の対象になる。もし、提出しなければ、裁判所から令状をとり、預金を差し押さえると言ったものですから、そんな世間体《せけんてい》の悪いことをされては困るというので、海津稲子としても、納得ずくで任意提出に応じたわけです」

「そうなるとよぉ、出雲路史朗は、遅かれ早かれ、逃走資金に行き詰まるなも。当座の現金しか持ち出していないだろうからよぉ。ただし、海津稲子が密《ひそ》かに出雲路史朗あてに逃走資金を送金してやるとかすれば、当分、逃げ延びるだろうけど……」

「いや、それはないと思います。いまでは、海津稲子も自分の立場を考え、出雲路史朗と手を切るつもりでいるようですから……」

「そのほうが海津稲子のためでもあるよな。ここで殺人犯に加担《かたん》し、医師としての一生を

棒《ぼう》に振るなんて愚《おろ》かなことだ。彼女には、それくらいの判別はつくだろう。それにしても、出雲路史朗も思慮《しりょ》の浅い男だなも。自分の妻を殺害しておいて、なお、愛人だった甘樫淳子をも葬《ほうむ》り去ろうとした。この二件の罪を犯さなかったならば、飯貝登《いいがいのぼる》を自分の替え玉にして事故死を偽装した企《たくら》みが成功したかもしれんのだから……。言うなれば、やつは、あえて二重の危険を冒したために、それが命取りになったわけだ」

「おっしゃるとおりです。あまりにも手の混んだ策を弄《ろう》したために、躓《つまず》いたんですよ」

「策に溺《おぼ》れるとは、このことだわね。それはそうと、出雲路史朗はよぉ、最初から妻の絢子を騙《だま》して、逃亡させ、そのあとは、あっさり殺すつもりでおったんだろうか？　それとも、絢子と手に手を取り、四億二千万円を元手《もとで》にして、人目を忍び、ひっそりと暮らすつもりでおったのかな？」

「むずかしいところですね、検事さん。そこらへんのことについては、前にも話しましたように、一応の推測は可能ですが、実際に、出雲路史朗を捕まえてみなければ、確実なことは言えません。裏づけがなくては、単なる推測にすぎませんから……もっとも、やつが網にかかった場合の話ですよね。やつの居所がわかったときには死んでいたなんてことになれば、その点は永久に謎《なぞ》です」

「おみやぁさん。ヘンなことを言わんでちょうよ。やつに死んでもらっては困るんだ。真相を突きとめるというわれわれの仕事を駄目《だめ》にされたくないからな」

「言うまでもありませんよ」

「ところで、海津稲子だがよぉ、今回の一連の事件について、どの程度、関与しておったんだね？　『第一いろは坂』の転落死事件以来、ずっと彼女は出雲路史朗を匿《かくま》っておったんだろう。違うかね？」

「お察しのとおりです。海津稲子の供述によりますと、『第一いろは坂』の事件直後の状況は、こんなふうだったんですよ」

と溝口警部は、ひと息入れてから、報告をつづける。

「当夜、出雲路史朗がですね、海津稲子の屋敷へ戻ってきたときのことです。彼女のマイカーに乗ってね。ひどく興奮しているので、『どうしたの？』と彼女がたずねると、やつは、こう言ったんです。『実を言うと、〈第一いろは坂〉で、おれの車が崖下《がけした》に転落し、運転していた〈出雲路建設〉の取締役が焼死したんだよ。転落の衝撃で車が炎上してね。おそらく、警察は事故死と判断するに違いない。スリップしてもおかしくない道路状況だったから……もう一つ、面白いことがあるんだよ。事故死したのは、湖畔の別荘に泊まっていた出雲路史朗だと……早い話が、その取締役は、おれの身代わりに死んでくれたんだ。なぜ、おれが、こんな手の混んだ企みを思いついたのか、頭のいいきみなら察しがつくだろう？　そうだ。すべては、債権者《さいけんしゃ》の追及を免《まぬが》れるためさ。だって、考えてもみろよ。いくら巨額の借金があっても、死んだやつを責めるわけにはいかないだろう？』……これには、さすがの海津稲子も愕然《がくぜん》としたそうです」

「うむ。その筋書きだと、出雲路史朗は、事件前に彼女の車を借り受け、中禅寺湖畔の別荘のどこかに隠していたことになるよな。そうでないと、身代わりの飯貝登が不審の念を起こすかもしれないんだから……なぜ、社長は、車が二台も必要なんだとね。一台は京都ナンバーで、あとの一台は栃木ナンバーだから、なおのこと訝《いぶか》る。違うかね?」

「そのとおりなんです。出雲路史朗は、事件の前々日に、海津稲子の車を借り受け、別荘の裏手の林のなかに隠していたんですよ。飯貝登が別荘へ呼ばれたのは、事件当日の午後であり、彼は栃木ナンバーの車が裏手の林のなかに止めてあるのを気づいていなかったんです。出雲路史朗から事件の真相を打ち明けられた海津稲子が、そう言っていますから間違いないでしょう」

「すると、飯貝登は、タクシーもしくはバスに乗って別荘へきたのかね?」

「いや、そうじゃありません。彼は京都から新幹線を乗り継ぎ、JR小山《おやま》駅で降りたんですが、そこには、出雲路史朗が車で迎えにきていたんです。そのあと、付近のレストランで食事をしてから、出雲路史朗の運転する車で中禅寺湖畔の別荘へ二人そろってやってきたんです」

「確認しておくが、JR小山駅での出迎えの車は、言うまでもなく、出雲路史朗のマイカーだなも」

「そうです。出雲路史朗の所有名義になっている京都ナンバーの車です。すでに、このとき、海津稲子から借りた栃木ナンバーの車は、別荘の裏手の林のなかに隠してありましたから、飯貝登は気づいていません」

「うむ。出雲路史朗はよぉ、結局、飯貝登を自分の身代わりとして事故を装《よそお》い、転落死させる計画を着々と実行に移しつつあったわけだろうが、その詳細についても、海津稲子は聞かされておったのかね？　出雲路史朗から……」

「事後に聞かされただけですよ。事前には、何の相談もうけていません。海津稲子としては、騙されて車を貸し与えただけですから、共犯でも何でもないんです」

「それにしても、犯行直後に、ぬけぬけと海津稲子に真相を話すとは、強《したた》かな男だなも。出雲路史朗はよぉ」

「そこが、また、出雲路史朗の策略でもあったんです。というのは、一応、社会的地位のある海津稲子に向かって、みずからの犯行状況をぶちまければ、彼女は恐れをなし、全面的に自分に協力してくれるに違いないという計算が、やつにはあったからです。実際、そのとおりの経過をたどったんですから……海津稲子は、わが身可愛《かわい》さに、殺人犯を匿《かくま》っていたんですからね。したがって、その点を重くみれば、彼女にも何らかの刑事責任がふりかかってくる可能性も残されているんです」

「うむ。出雲路史朗ってやつは、悪党の見本みたいな男だなも」

「ほんと言うと、弱みがあるのは出雲路史朗であって、海津稲子ではないはずです。ところが、その関係が逆さになり、何も悪いことをしていない海津稲子がですよ、転落事件以後、ずっと犯人の出雲路史朗に脅され、言われるがままに行動していたんですから……ただし、最後の土壇場《どたんば》で、甘糟淳子から呼び出しの電話がかかった段階になって、海津稲子も、やっと目が覚め、勇気を奮《ふる》って事態に対決しています。うかうかしていると、自分までが巻き添えになり、身動きならなくなると気づきはじめたんですよ。それでも、出雲路史朗に逃走用の車を貸し与えていますから、この点は、犯人蔵匿《ぞうとく》罪ですよね」

「厳密に言えば、そのとおりだが、起訴するのは気の毒だ。何しろ、彼女は、われわれの捜査に全面的に協力してくれておるんだからよぉ」

「まあね。それを知ったら、さぞかし、海津稲子は喜ぶでしょうな。しかし、いま、それを言うのはやめますよ」

「それがええわね。いまから、そんなことを言えば、起訴猶予《ゆうよ》をエサにして、彼女の供述を引き出し、事件をデッチ上げたなんて、後日、出雲路史朗の弁護人からいちゃもんをつけられるでよぉ。痛くもない腹を探られるのは、ご免こうむりたい。それはともかく、『第一いろは坂』の事件に話の筋を戻すと、出雲路史朗がだよ、飯貝登を騙して自分の車に乗せ、事件当夜、単身、『第一いろは坂』を下りるように仕向けたのは、どういう事情によるものだね？　どの途《みち》、騙したのに違いないが、その手口を聞いておるんだ」

「簡単なことなんですよ。飯貝登が社長思いの忠犬ハチ公だってことは、ご存知ですよね。その弱点をやつは利用したんです。こんなふうに……『日光市内のホテルに、買主の〈東邦不動産〉の幹部連中がおれを待っているんだが、おれとしては行きたくない。悪い予感がするんだよ。交渉を引き延ばし、連中を苛立《いらだ》たせておいたほうが売却価格を吊《つ》りあげることもできるしね。だから、今夜のところは、きみがホテルへ行ってくれ。社長は、急に気分が悪くなったから、こられないって』……なかなか巧妙な口実でしょう？　検事さん」

「なるほど。忠犬ハチ公なら、二つ返事で承知するだろう」

「実際、そのとおりだったんです」

「それから、事件の起こる直前に、別荘の車庫のなかで車をいじっているような人影が目撃されておるよな。その筋書きだと、あれは、たぶん、出雲路史朗自身だったんだろう？」

「お察《さつ》しのとおりです。あの時点で、飯貝登は何をしていたかと言うと、別荘のキッチンでラーメンを作っていたんですよ。飯貝登は、酒に弱い男でしてね。すぐに酔っぱらってしまうんです。それじゃ、まずいというので、あらかじめラーメンを食べ、空《す》き腹でアルコールを胃袋のなかへ流し込まないように気を配っていたんです。そうしろと出雲路史朗から言われていましたから……」

「うむ。『東邦不動産』の連中に会えば、どの途、酒食のもてなしを受けるだろうからな。そのためのウォーミングアップというわけだなも」

「はい。その間、出雲路史朗は、五分そこそこでブレーキホースに細工《さいく》し終えています。飯貝登がラーメンを食べている間にやってしまったんです。もし、突然、飯貝登が車庫にあらわれたとしても、出雲路史朗としては、何とでも言いわけがたちます。車の調子をみているんだと言えば、それですむわけですから……このとき、やつはうっかりして車庫のシャッターを五十センチばかり巻き上げたままにしていたんです。まさか、通行人に見られるとは思ってもいなかったんですが、例の目撃者が通りすぎたあと、ふと気がついてシャッターを下ろしています。もちろん、目撃されていたとは知りません。ブレーキホースに細工するのに用いたのは、車庫の工具箱にあったヤスリでしたが、犯行後、捨てています」

「それから、もう一つ聞いておくが、飯貝登はだよ、ブレーキホースに細工がしてあるとも知らずに、出雲路史朗の車に乗り、『第一いろは坂』を下りた。そのあとから、覆面《ふくめん》パトカーに偽装した車が走り、飯貝登の車を追い詰めた。それはだよ、偽装転落死を確実なものにするためのトリックだったわけだよな。問題は、偽装覆面パトカーを運転していたのは、誰だったのか？　そのことだ」

「もちろん、出雲路史朗です。使用した車は、海津稲子に嘘《うそ》をついて借りた彼女のマイカーでした。赤色灯やサイレンは、事前に、横浜市内の店で買っているんですよ。その店では、アメリカのハイウェイパトロールのバッジとか制服、パトカーのナンバープレート、赤色灯は言うに及ばず、サイレンまで売っています。すべて模造品《もぞうひん》ではありますがね。日本の警察のものとは、若干、様式が異なってはいますが、あの事件の場合なら、充分に役に立つわけです。何はともあれ、転落死した飯貝登の身元を確認する役割は、ほかならぬ妻の絢子でした。彼女のほかには、夫の身元を確認できる人物はいなかったんですから……要するに、夫婦が共謀すれば、どうにでもなるトリックだったんですよ」

「そのトリックに、われわれは、物の見事に引っかかったわけだ。遺憾《いかん》ながら、この点は認めざるを得んわね」

「まあね。こういうことも、時として起こり得ますよ」

「それじゃ、この点はどうだね？　話の筋が少し遡《さかのぼ》るが、飯貝登の運転する車がだよ、別荘を出発した直後、その別荘の窓のカーテンが揺れ、人影が蠢《うごめ》いたという目撃証言があったよな。寿司屋の若主人のよぉ。これについては、どうだろう？」

「その人影は、実を言うと、出雲路史朗自身だったんです。飯貝登が出発したあと、手早く身支度《みじたく》をととのえ、林のなかに隠していた海津稲子の車に乗り、覆面パトカーを偽装して追跡すべく、大急ぎで、やつが準備中でした。それが目撃されたんです」

「なるほど。念を押すが、いま、おみやぁさんが話してくれた出雲路史朗の詳細な犯行状況だがよぉ、ことごとく、海津稲子の供述によるものかね？」

「そうです。事件後、折にふれ、出雲路史朗が、海津稲子に話しているんですよ。先程も言いましたように、打ち明け話を聞かされたために、海津稲子は、まるで自分が共犯者になったような錯覚に陥《おちい》り、やつに言われるままに協力していたんです。例えば、やつを匿《かくま》ったり、逃走用の車を提供してやったりしてね。気の毒な話ですよ」

「そんな話を聞くと、出雲路史朗と海津稲子とが、そもそも、親しくなったきっかけは、いったい何だったのか。それが知りたくなるよな」

「わかりました。経緯は、こうだったんですよ、検事さん」

と前置きして、溝口警部は、あらたまった口調で話しはじめた。

8

「二年前のことですが、出雲路史朗は、栃木市周辺の土地開発を計画し、市内のホテルの宴会場を借り切って、地元の有力者を呼び、パーティを開いたんです」

溝口警部は、捜査ノートに視線を走らせながら言った。

赤かぶ検事は、頷《うなず》き返して、

「要するに、パーティの目的はよぉ。地元の有力者との顔つなぎだなも」

「そうです。そのパーティに海津稲子も姿をみせていたんです。彼女は、地元の名望家の出身で、親戚筋にあたる県会議員夫妻と連れだって出席しています。彼女が出雲路史朗を知ったのは、そのときでした」

「言うなれば、運命の出会いだなも」

「それがきっかけになり、交際がはじまったんですからね。その頃、海津稲子は離婚後間もない時期で、独身生活の侘《わび》しさをまぎらわせるために出雲路史朗と付き合いをはじめたんですが、だんだん深みにはまり、抜き差しならない間柄になったというのが真相です」

「海津稲子はよぉ、出雲路史朗には甘橿淳子という愛人がいるってことを気づいておったんだろうか？」

「いいえ。全然、知りません。何しろ、お嬢さん育ちですから、よほどのことがなければ、人を疑ったりしないんです」

「おおらかな女性なんだな」

「そうなんです。彼女は、妻の絢子とも面識がないんです。一方、絢子のほうも、海津稲子の存在を知らなかった様子です」

「うむ。出雲路史朗と海津稲子とは、どこでデートしておったんだろう？　まさか、栃木市内じゃあるまい？」

「とんでもない話です。栃木市内でデートなんかしていたら、たちまち町の人たちに気づかれ、あっという間に噂《うわさ》が広がります。彼女はですね、中禅寺湖畔の例の別荘にさえも寄りつかなかったくらいですから……」

「ずいぶん慎重だなも」

「何しろ、名望家の出身ですからね」

「それじゃ、どんなふうにデートしておったんだろう？」

「たいてい、自分の家へ泊めていたんですが、それも、今回のように長期間、一緒に過ごしたなんてことは、まったくありません。ホテルを利用する場合は、宇都宮《うつのみや》とか、東京とかへ足を延ばしていたんですよ。もちろん、年に何回かは、連れだって遠くへ旅行もしていますがね」

「そうなると、彼女はよぉ。奥日光の湯元《ゆもと》温泉のホテルでマネージャーをしておった佐久間正彦とも面識はないよな？」

「そうです。中禅寺湖畔は、栃木市から、それ程遠くありませんから、やはり顔が障《さ》します。そんなわけで寄りつかないように気を配っていたんですよ」

「そうなるとだよ、佐久間正彦の証言のなかに、こういうくだりがあるよな。菖蒲《しょうぶ》ケ浜《はま》の散策路で見かけた同伴の女性は、一見したところ、学校の先生とか、お医者さんもしくは弁護士さんのようだったと……金縁の眼鏡をかけていたような記憶があるとも佐久間正彦は証言しておる。あれは、海津稲子を念頭においた証言のようにも察せられるが、実際のところは違うんだろう?」

「違います。あの証言は、佐久間正彦の単なる思いつきですよ。出雲路史朗から頼まれて偽証したんです。狙《ねら》いは、言うまでもなく、被告人として勾留《こうりゅう》中の出雲路絢子を無罪にするとか、それができなくても、保釈させるためでした」

「それじゃ、まったく架空《かくう》のデッチ上げだなも」

「そうです。同伴の女性が金縁の眼鏡をかけていたとか、学校の先生もしくはお医者さん、あるいは弁護士かもしれないなんていう証言は、海津稲子を念頭においたものではなかったんです。何よりも佐久間正彦は、全然、面識がないんですよ、海津稲子とはね。それにしても、もし、彼が偽証した法廷にですよ、出雲路史朗が居合わせたなら、やつはひやりとしたでしょうね。海津稲子を連想したりして……とにかく、栃木県警が佐久間正彦に任意出頭を求め、厳しく追及したところ、遂に、やつは、すべてを自白しましたよ。目下、偽証罪の容疑で逮捕勾留中です」

「報酬《ほうしゅう》目当てに偽証したのかね?」

「そのとおりですが、まだ報酬は貰《もら》っていないんですよ」

「報酬も貰わずに、偽証したのかね?」

「後払いという約束だったんです。被告人の出雲路絢子が無罪になれば、その時点で、一千万円を支払うという口約束でね。しかし、結局、空手形《からてがた》に終わるでしょう。なぜなら、出雲路史朗が絢子から取りあげた四億二千万円は、われわれが差し押さえていますからね。要するに、いまの出雲路史朗は文無しですから……」

「いずれにしろ、菖蒲ケ浜で目撃した同伴の女性は、女医であったかもしれないなんていうやつの証言はだよ、いかにも海津稲子を示唆《しさ》しているかのように思えるが、あくまでも偶然の一致だなも。いまも、おみやぁさんがいみじくも指摘したように、もし、そのとき出雲路史朗が公判を傍聴していたなら、ドキリとしたことだろう。女医かもしれないなんて佐久間正彦が言うのを聞いて、もしかすると、佐久間正彦は、海津稲子のことを知っているんじゃないかと出雲路史朗にしてみれば、ふと不安になったろう。もちろん、その頃、出雲路史朗は海津稲子の屋敷に隠れておったわけだから、公判を傍聴しておったはずもないがよぉ」

「そうでしょうね」

「それはそうと、霧降滝《きりふりのたき》付近でも、出雲路史朗と同伴の女性を目撃したと佐久間正彦が証言したよな。そのさい、佐久間正彦のほうも家族連れだったんだから、下手《へた》をすると、家族の口から嘘《うそ》がばれる。そこらあたりのことを佐久間正彦は気にはしておらなかったのかね？」

「いいえ。実に用心深くやっていますよ。『出雲路さんじゃありませんか？』と声をかけたところ、その男性は、『人違いでしょう』とか言って、同伴の女性と一緒に姿を消したと、そのように佐久間正彦は偽証していますでしょう？　実のところあれは、連れていた妻や子供たちに聞かせるために、わざと声をかけたんですよ。まったく見知らぬ人に向かってね……言うまでもなく、声をかけられたカップルは、『人違いでしょう』と答えるに違いありません。そのやりとりを家族に聞かせ、万一の場合、嘘がばれないようにと配慮もしているんです」

「なかなか慎重な男だなも、佐久間正彦はよぉ」

「そこを見込んで、出雲路史朗が佐久間正彦に白羽《しらは》の矢を立てたんですよ。伸《の》るか反《そ》るかの大事なときなので、何ぶんにもよろしく頼むとね。佐久間正彦にしてみても、一千万円の報酬に目が眩《くら》んで、気安く引き受けたのが裏目に出たんです。偽証の内容についても、出雲路史朗から要点を聞かされていただけで、具体的な偽証の内容は、佐久間正彦の才覚で適当にフィクションを作りあげたんです。それにしても、佐久間正彦は、しみじみ後悔していますよ。悪いことはできないものだと、男泣きに泣いていたそうですよ」

「なるほど。身から出た錆《さび》とは言いながら、いささか気の毒な気もするよな。今度のことで、やつは一生を棒《ぼう》に振《ふ》るかもしれないんだからよぉ」

「自業自得《じごうじとく》ですよ、そんなのは……あっ、検事さん。いま、手元にファックスがときました。東京の練馬警察署からですよ……こいつはお手柄《てがら》です。逃亡中の出雲路史朗が捕まったそうです、練馬警察署員にね」

「ほんとかね？　そいつはよかった。捕まった経緯については、どうだね？　ファックスに書いてあるかね？」

「結局、やつは逃走資金に困り、持ち出していた妻の絢子の宝石や貴金属類を練馬区の質屋へ持ち込みやがったんです。そこまではよかったんですが、質屋の店主から警察へ通報があり、駆けつけた練馬署員にあっけなく御用になったそうです。やつの手配写真を見て、店主が通報してくれたんですよ。その店主が地元の防犯協会の役員をしていたのが、出雲路史朗にとっては運のツキだったようですね。とにかく、これからすぐに東京へ飛びます。行天燎子警部補にも連絡をとり、練馬警察署へ駆けつけてもらいますよ」

「そうしてちょ。詳細な状況がわかり次第、報告してもらいたい」

「わかりました。わたしか、行天燎子警部補か、どちらかが電話を入れますよ。それじゃ、これで……」

溝口警部は、気忙《きぜわ》しく電話を切った。

9

行天燎子警部補が電話で報告をよこしたのは、週明けの午後のことだった。

「どうだね？　出雲路史朗の取り調べの様子はよぉ」

赤かぶ検事は、彼女にたずねた。

「案外、素直に自白しましたわ。目下《もっか》、彼は勾留中ですが、一両日中に、身柄を栃木へ護送します。その後の本格的な取り調べは京都府警でおこなうことに決まりました。本来、これは京都府警の事件なんですものね」

「そのとおりだが、おみやぁさんたちも大変だなも。一連の事件そのものが複雑多岐《たき》に亘《わた》っておることでもあるしよぉ」

「それは覚悟しています。検事さんのほうこそ、複雑な事件を起訴に持ち込まなければならないんですから、それこそ一筋縄《ひとすじなわ》ではいかないでしょう」

「そりゃ、まあな。さて、やつの自白の概要《がいよう》を、ひとまず、ここで聞いておこう」

「承知しました。まず、出雲路史朗は、最初から妻の絢子を騙《だま》して逃亡させ、そのあとは、あっさり殺すつもりでいたのか。それとも、絢子と手に手を取り、四億二千万円を元手《もとで》にして、ひっそりと暮らすつもりでいたのか。この点が大きな疑問でした」

「それ、それ。出雲路史朗は、どのように供述した？」

「彼の自白を総合すると、次のような結論になります。『第一いろは坂』の転落死事件を企《たくら》んだときから、すでに夫婦は共謀していたんです。つまり、債権者の追及を逃れるために、企業主である出雲路史朗が事故死したように見せかけ、まんまと四億三千万円を自分たち夫婦のものにする。そればかりか、出雲路史朗が事故死すれば、一億円の生命保険金が支払われますわね。そんなわけで、合計五億三千万円を懐《ふところ》にして、二人で気楽に暮らそうというわけです。ですから、マイカーごと転落し、焼死体となって発見された被害者は、間違いなく夫だと絢子は警察で供述したんです。彼女が遺体の身元確認することも、当初からの企みでした」

「しかし、その企みには、どんでん返しが予定されておったんだろう？」

「そうなんです。出雲路史朗は、大金が手に入った段階で絢子を殺害し、すべてを自分のものにする腹づもりでした。しかし、絢子はそこまで気づいてはいなかったんです。要するに、夫婦ともワルには違いなんですが、出雲路史朗のほうが、一枚上手《うわて》でした」

「なるほど。その証拠にだよ、出雲路史朗は、あらかじめ海津稲子のマイカーを借り受け、例の別荘周辺の林のなかに隠しておったんだなも。人目につかないミズナラの林のなかだったとか？」

「そうです。目的は、言うまでもなく、覆面《ふくめん》パトカーを偽装して、『第一いろは坂』を下りていく替《か》え玉《だま》の飯貝登《いいがいのぼる》の車を追い詰め、ヘアピンカーブで転落させるためでした。当初から、その狙いがあったればこそ、海津稲子を騙して彼女の車を借りていたんですから……ただし、この場合、海津稲子はシロですわね」

「妻の絢子にしても、その点では同じだよな。まさか、海津稲子とかいう女医の車を夫が借り受けていたとは知らなかったはずだ」

「はい。そのことについて、出雲路史朗は、絢子にこう言っているんです。パトカーは、栃木の知人から借りた車を偽装して覆面パトカーに見せかけたんだと……絢子にしてみても、最後まで、そう思い込んでいたんです。よもや海津稲子などという愛人がいたとは、絢子にしてみれば、思いもよらなかったはずですわ」

「ところが、ここで番狂《ばんくる》わせが起こった。妻の絢子が、夫殺しの容疑で逮捕され、起訴された。おそらく、出雲路史朗は、慌《あわ》てふためいたことだろうな」

「本人自身も、そう言っています。よもや、あんなことになるとは夢にも思わなかったと……」

「うむ。絢子が勾留され、公判がつづいておった間、出雲路史朗は、海津稲子の屋敷に身を潜《ひそ》めておったわけだよな。その間、やつは、このような予想外の事態に、いかに対処すべきか、あれこれ思案《しあん》しておったのではにゃぁがね？　まさか、海津稲子に相談するわけにもいかんしよぉ。違うかね？」

「おっしゃるとおりです。出雲路史朗はですね、公判中も、ただの一度だって、弁護人の湖山彬に連絡をとったりはしていないんです」

「なぜだろう？」

「本人が言うには、湖山彬を信用していなかったからだと……妻の絢子と浮気していることも、出雲路史朗は気づいていたくらいですから……」

「なるほど。だとすると、出雲路史朗はよぉ、ホテルマンの佐久間正彦を言いくるめ、偽証させてはいるが、弁護人の湖山彬としては、その間の事情を知らなかったのかね？」

「そうなんです。佐久間正彦を唆《そそのか》し、弁護人の湖山彬の事務所へ電話を入れさせたのも出雲路史朗でした。実のところ、中禅寺湖畔とか霧降滝付近、戦場ケ原の展望台なんかで、死んだはずの出雲路史朗を目撃したと、そんなふうに弁護人の湖山彬に電話をかけさせたんですよ。そういうからくりが裏にあるとは、弁護人の湖山彬も気づいていなかったはずだと、出雲路史朗は供述しています」

「うむ。出雲路史朗は、なかなかの知恵者だなも。悪知恵には違いないがよぉ。まんまと弁護人まで騙すんだから……もっとも、そのほうが、スムーズにことが運ぶのは確かだがよぉ」

「同感です。弁護人の湖山彬が事情を知ってしまえば、かえって面倒なことになり、発覚するおそれもあるわけですから……」

「敵を騙すには、味方を騙せとよく言うからな。何はともあれ、出雲路史朗としては、一日も早く絢子を拘置所から連れ出さなければならない。そこで、かねてからの知り合いの佐久間正彦を抱き込み、偽証工作をやらかした。こういうことだよな？」

「そうです。死んだはずの被害者が生存している可能性が審理の過程で明らかになれば、少なくとも絢子は保釈になりますわね。無罪の判決には至らなかったとしてもです。いずれにしろ、一億円の生命保険金は、諦《あきら》めるよりほかないと覚悟していたそうです。出雲路史朗としてはね」

「やつにしてみれば、四億二千万円が手に入れば、それで充分だと腹を決めたわけだよな。さて、絢子が保釈になり、紫野《むらさきの》でマンション住まいをするようになったと知ったとき、出雲路史朗は、どういう手を打った？」

「こうなんです。出雲路史朗は、マンションに電話をして絢子と連絡をとり、逃亡の手はずをととのえています。その頃、捜査員がマンションの近辺に張り込んでいたにもかかわらず、残念ながら、ものの見事に出し抜かれていますわね。まさか、マンションの裏口のブロック塀を乗り越え、裏山を登って、けもの道をたどり、道なき道を踏みわけながら、女性一人が山越えをするとは予想していなかったからです」

「ドジな話ではあるが、いまさら悔やんでみてもはじまらんわね」

「検事さん。こういうとき、出雲路史朗と絢子との電話のやり取りを傍受《ワイヤータッピング》することができれば、逃亡を未然に防止できたでしょうし、何よりも、絢子だって殺されずにすんだはずですわ。そうでしょう？　アメリカの犯罪捜査では、裁判所の令状があれば、容疑者の電話を傍受できるのに、なぜ、日本には、そういう制度がないんでしょうね。日本国憲法は、通信の秘密を保障していますが、この点はアメリカだって同じです。本来、日本国憲法は、アメリカ合衆国憲法を下地にしているんですから……」

「おみやぁさんの言うとおりだわね。日本では、容疑者の電話の傍聴は、盗聴と同じことだと誤解され、通信の秘密を侵害するものだと思われがちだ。しかし、これは間違いだでな。電話傍受《ワイヤータッピング》は、犯罪捜査のためにおこなう情報収集活動の一つであり、裁判所の令状があれば適法だ。その令状にしても、厳しい条件付きで、濫用《らんよう》の可能性を全面的に排除しておる。ええかね？　令状があっても、電話傍受《ワイヤータッピング》がいけないというのなら、同じく令状でもって容疑者を逮捕したり、勾留《こうりゅう》するのも、人権侵害だということにならざるを得ない。日本では、ここらあたりのバランス感覚が欠けておるのが実情だ」

「と言うより、何か新しいことをやろうとすれば反対したがる人たちを説得するだけの熱意が為政者《いせいしゃ》にそなわっていないからじゃありませんか？」

「それもあるし、国民の側にも責任がある。自分や家族が被害者でなければ、容疑者を捕まえることには、さほど関心を示さない。それはさておき、裏山を通り抜けてマンションを脱出した出雲路絢子は、それから、どういう行動をとった？」

「大通りへ出たところで、あらかじめ打ち合わせたとおり、待機していた出雲路史朗の車に乗り、ホテルへ直行しています」

「栃木ナンバーの車だろう？」

「そうです。海津稲子から借りた車です。わたしたちとしても、ここで、また後手《ごて》にまわっているんです。まさか、出雲路史朗が栃木ナンバーの車を運転し、絢子を乗せて逃げているとは思いも寄らず、この点でも後《おく》れをとっています」

「それは仕方のないことだろう。あの時点では、海津稲子などという女医の屋敷に、出雲路史朗が身を隠しておったなんて、わかりもしないんだからよぉ。いずれにしろ、翌日の午前十時頃、銀行にあらわれた絢子が一億八千万円の預金を下ろし、ハイヤーに乗って弁護士の湖山彬の事務所へ向かった。そういうことだよな？」

「はい。別荘を売却した二億四千万円を受け取るためでした」

「ここで、ちょっと聞いておきたいが、湖山弁護士はよぉ、どの程度まで真相を知っておったんだろう？」

「まず、別荘を売却するように絢子から頼まれていたのは事実であり、そのとおり、彼は忠実に職務を果たしています。彼としては、売却代金を彼女に引き渡せば、それでいいわけですわね。その現金を彼女が何に使うか、あるいは、それを資金にして逃亡を図るか、そこまで考慮する義務は湖山弁護士にはないでしょう。実際、湖山弁護士自身が、溝口警部に、そう言っているそうですが、いかがでしょうか？」

「一応、筋が通っておるわね。湖山弁護士は、捜査側の人間ではないんだから、協力せよとまでは要求できない。とは言いながら、保釈になった絢子がだよ、どうやら逃亡を企《たくら》んでいるらしいという察《さっ》しは湖山弁護士にもついておったろうけどよぉ。その責任を湖山弁護士におっかぶせるわけにはいかんわね。ところで、絢子が湖山弁護士の事務所を出たあとの行動は、どうなんだね？」

「やはり、出雲路史朗が栃木ナンバーの車で彼女を待っていたんです。事務所の近くにですわよ」

「なるほど。それじゃ、出雲路史朗が絢子を殺害し、四億二千万円を奪い取るまでの経緯を話してちょうよ」

「はい。実際のところ、出雲路史朗は、その目的のために絢子の逃亡に手を貸したわけですし、彼女を殺害することも当初からの計画でした。そればかりか、愚かなことに、絢子自身が出雲路史朗の殺意を加速するような態度を見せたりしているんです」

「それ、どういうことだね？」

「絢子は、マンションから逃亡し、ホテルに宿泊した夜、こんなことを出雲路史朗に言っているんです。『わたしは、あなたと違って、公判にかけられ、勾留されていたのよ。この先、二人で逃げたところで、いずれは捕まるかもしれない。わたしね、世間の人の目を気にしながら生きていくなんて、ごめんだわ。考えてもみてよ。別荘は、本来、わたしのものだし、預金だって、わたしのよ。わかる？　二人一緒に逃げるより、別々に逃げたほうが捕まる確率も小さいと思うのよ。そこで提案だけど、この四億二千万円を公平にわけ、それぞれが自分の思うがままに暮らすことにしたら？　つまりフィフティー・フィフティーってことよね』と……これには、さすがの出雲路史朗も頭にきたと供述しています」

「そのこともあって、絢子に対する殺意が揺《ゆ》るぎないものになった。こういうことだなも」

「そうなんです。事件当日、日没後まで、二人はホテルに身を隠していました。そして、暗くなるのを待って、再び車で外出したんです。ホテルを替えないとヤバイとか言って……これが彼女を殺害現場付近へ連れ出す口実でした」

「殺害現場は、鴨川《かもがわ》左岸の堤防だよな」

「そうです。付近のホテルへ向かうように見せかけ、その途中、堤防のうえに車を止めると、『もう一度、よく話し合おう』などと言って彼女を油断させておいて、突如、犯行に及んだと自白しています」

「絞殺の凶器は、ビニール紐《ひも》だときいたがよぉ」

「そうです。紐と言うより、荷造り用のロープですわね。殺害後、死体を車から放り出し、堤防に置き去りにしています。そのとき、四億二千万円と、彼女がマンションから持ち出した貴金属宝石類を持ち去っています。凶器のロープは、逃げる途中、車の窓から路上へポイ捨てしたんです」

「なぜ、貴金属や宝石類まで奪ったんだろう？」

「『死んでしまった絢子に、そんなものは必要ないと思ったからです』と、出雲路史朗は、あっけらかんとして言うんです。しかし、これが彼にとっては命取りになっているんですから、何をか言わんやですわね」

「そのあと、やつは車を飛ばし、栃木市の海津稲子の屋敷へ逃げ込んだわけか?」

「そうです。貴金属や宝石類は、彼女に知られるとまずいので隠していましたが、四億二千万円の現金については、こう言っているんです。『これは会社の金だが、債権者に目をつけられるとまずいから、いくつかの他人名義に分割して銀行へ預けておきたい。頼むよ。このさい、手を貸してほしいんだよ』と海津稲子に頼んでいます。海津稲子にしてみても、大金を預けるというんですから、一瞬、途惑《とまど》ったのは確かですが、まさか妻を殺害して奪った現金だとは思いも寄らず、彼の要求どおり、ことを運んでいます」

「ところで、湖山弁護士だがよぉ。絢子と浮気しておったんだが、いつ頃から、出雲路史朗は勘《かん》づいておったんだろうか? そのことをよぉ」

「早くから勘づいていたと言っています。浮気の相手は、ほかにもいたらしいですが、出雲路史朗には、あまり関心がなかったんです。彼にだって、わかっているだけでも愛人が二人いたんですもの。海津稲子と甘糟淳子のね……検事さん。甘糟淳子のことですが、明るいニュースがあるんです。彼女が栃木市の病院を退院したってことはご存知ですわね?」

「聞いておる。現在、彼女は、京都で暮らしておるそうだが、栃木市の病院に入院中は、毎日のように、丸谷文雄が見舞いにきておったそうだなも」

「そうなんです。丸谷文雄は、勤め先の会社なんか首になってもいいからって、栃木市のホテルに泊まりこんで、毎日、病室へ見舞いにきていたんです。そのこともあって、二人の間に愛が芽生《めば》え、近く結婚するとか聞きましたわ。そのことで、近日中に、検事さんのところへもご挨拶《あいさつ》にうかがいたいとか……」

「そのことなら、丸谷文雄本人から、直接、聞いたわね。そう言えば、そろそろ来る頃だがよぉ」

赤かぶ検事は、腕時計を見た。

そのとき、受付の警備員から連絡があった。

「検事さん。丸谷文雄さんと連れの女性がお見えになりました。そちらへご案内してよろしいでしょうか？」

「ええとも。首を長くして待っておったんだわね」

「それじゃ、お連れします」

庁内電話が切れた。

赤かぶ検事は、行天燎子と通話中の受話器を取ると、

「聞こえておったろう？　間もなく、相思相愛《そうしそうあい》のカップルがあらわれるでよぉ。わしも丸谷文雄とは会ったことがあるが、甘櫃淳子のほうは、水着姿の写真を見せてもらっただけでよぉ、会うのが楽しみだわね」

「まあ。それだったら、このまま電話をつなぎっ放しにしておきますので、声だけでも聞かせてほしいですわ、お二人のね」

「いいだろう」

そう答えたとき、ドアが開いて、二人が姿を見せた。

甘橿淳子は、思っていたとおりの魅力的な女性だった。すらりと背が高く、上背があるから、その傍に、ちょこんと、はにかんだような顔をして立っている年下の丸谷文雄が、いささか気の毒なように思えはするが、それがかえって微笑《ほほえ》ましい。

（またぞろ、ノミの夫婦が一組《ひとくみ》、誕生しそうだなも）

赤かぶ検事は、そんなことを胸のなかで呟《つぶや》きながら、相好《そうごう》をくずして、仲のよい二人を迎えた。


（本作品はフィクションであり、実在の個人・団体などとは一切関係がありません）

この作品は1996年4月角川書店より刊行されました。

徳間文庫をお楽しみいただけましたでしょうか。どうぞご意見・ご感想をお寄せ下さい。
宛先は、〒105－8055　東京都港区芝大門2－2－1　㈱徳間書店「文庫読者係」です。

徳間文庫

赤かぶ検事奮戦記

奥《おく》日《にっ》光《こう》殺《さつ》人《じん》事《じ》件《けん》

2007年9月15日 初刷

著者 和《わ》久《く》峻《しゅん》三《ぞう》

発行者 松《まつ》下《した》武《たけ》義《よし》

発行所 東京都港区芝大門二―二―一 〒105―8055
株式会社徳間書店
電話 編集〇三(五四〇三)四三五〇
販売〇四八(四五一)五九六〇
振替 〇〇一四〇―〇―四四三九二

印刷 凸版印刷株式会社

製本 株式会社明泉堂

〈編集担当 磯谷 励〉

ISBN978-4-19-892670-0 (乱丁、落丁本はお取りかえいたします)